《我们深圳》文丛

首部全面记录深圳人文的非虚构图文丛书

《我们深圳》丛书，

因“我们”而起，为“深圳”而生。

这是一套“故园家底”丛书。

这是一套“城市英雄”丛书。

这是一套“蓝天绿地”丛书。

这是一套“都市精灵”丛书。

《我们深圳》，是你的！

八卦岭

何良/著

追梦驿站

我们深圳

深圳报业集团出版社

BAGUALING

1982年9月14日，八卦岭工业区破土动工（何煌友　摄）

1983年，转业深圳的某部工程兵在八卦岭建工棚，为前期开发开路（尚敏智　供图）

1984年9月，深圳市政府在深圳市工业发展服务公司开展职工代表大会民主选举试点工作，尚志安被选为公司经理（尚敏智　供图）

1985年，八卦岭工业区西北角开发前期工地（何煌友　摄）

20世纪80年代中期，八卦岭工业区初期在建厂房（尚敏智　供图）

1984年，入驻八卦岭的荣生企业有限公司首期工程开工典礼（尚敏智　供图）

1985年8月，从红岭北路和笋岗路交叉地带俯瞰八卦岭工业区（刘廷芳　摄）

1986年，深圳市工业发展服务公司领导在八卦岭工业区与瑞士外宾洽谈合作事宜（深业鹏基南方集团　供图）

20世纪80年代中期，八卦岭工业区青工的业余生活

1987年，去吃午餐路上的女工（朱宪民　摄）

20世纪90年代，八卦岭创维-RGB总部的生产线（创维集团　供图）

20世纪80年代中期，八卦岭工业区施工现场实物模拟（作者根据展览实物创意拍摄）

位于八卦岭工业区中心地带的深圳市书刊批发市场，曾经是读书人到八卦岭的必访之处

“八卦岭之春”摄影展上，策展人、
本书作者何良讲述八卦岭往昔故事

今日八卦岭全景图，摄于2020年（刘伯良　摄）

037

总序

《我们深圳》?

是的。我们，而且深圳。

所谓“我们”，就是深圳人：长居深圳的人，暂居深圳的人，曾经在深圳生活的人，准备来深圳闯荡的人；是所有关注、关心、关爱深圳的人。

所谓“深圳”，就是我们脚下、眼前、心中的城市：是深圳市，也是深圳经济特区；是撤关以前的关内外，也是撤关以后的大特区；是1978年以来的改革热土，也是特区建立之前的南国边陲；是现实的深圳，也是过去的深圳、未来的深圳。

《我们深圳》丛书，因“我们”而起，为“深圳”而生。

这是一套“故园家底”丛书，它会告诉我们：深圳从哪里来，到哪里去，路边有何独特风景，地下有何文化遗存。我们曾经唱过什么歌，跳过什么舞，点过什么灯，吃过什么饭，住过什么房，做过什么梦……

这是一套“城市英雄”丛书，它将一一呈现：在深圳，为深圳，谁曾经披荆斩棘，谁曾经独立潮头，谁曾经大刀阔斧，谁曾经侠胆柔情，谁曾经出生入死，谁曾经隐姓埋名……

这是一套“蓝天绿地”丛书，它将带领我们遨游深圳天空，观测南来北往的鸟，领略聚散不定的云，呼叫千姿百态的花与树，触碰神出鬼没的兽与虫。当然，还要去海底寻珊瑚，去古村采异草，去离岛逗灵猴，去深巷听传奇……

这是一套“都市精灵”丛书，它会把美好引来，把未来引来。科技的、设计的、建筑的、文化的、创意的、艺术的……这座城市，已经并且正在创造如此之多的奇迹与快乐，我们将召唤它们，吟诵它们，编织它们，期待它们次第登场，一一重现。

这套书，是都市的，是时代的。

是注重图文的，是讲究品质的。

是故事的，是好读的，是可爱的，是美妙的。

是用来激活记忆的，是拿来珍藏岁月的。

《我们深圳》，是你的！

胡洪侠

2016年9月4日

序言

八卦岭的奇迹

黄玲

悠悠岁月，往事如烟。一座城市的崛起是伴随着无数建设者和亲历者的足迹和记忆而永存的。我是20世纪80年代中期来到深圳工作的，当时的深圳特区尘土飞扬，桩声阵阵，呈现出大开发大建设的火热场面。此时，深圳市政府所制订的城市总体规划把十大工业区的开发建设列为重要的规划蓝图，因此，诸多工业区的建设工地成为深圳大规模建设中的重要区域，这里面就包括八卦岭工业区。我当年工作的地方是在南头半岛，那是劈山填海建设港口的地方，也是打响中国改革开放第一炮的地方；但我住的地方却是在二十公里外的市内中心区园岭，与八卦岭工业区是一路之隔，因此我对80年代的深圳特区建设场面是至今难忘，恍如昨日。而八卦岭工业区给我的印象是比较神秘的，一是名字的玄妙，有意蕴深厚的传统文化之神秘；二是工业区发展的神速，短短几年，一个新兴的工业区初具规模、令人瞩目。进入21世纪后，八卦岭工业区与其他工业区一样华丽转身，蜕变为兴旺的商业区和美食“打卡地”，成为城市的新地标。40年弹指一挥间，八卦岭的变迁可以说是深圳特区高速发展的一个缩影。

何良先生的新作《八卦岭：追梦驿站》正是记录八卦岭工业区建设与发展历史的一部精彩的非虚构作品。我与何良先生是海南老乡又同在市委大院工作过，因此，他的新作完成后，我有幸先睹为快。年底临近，事务繁多，但在夜深人静时分，我还是非常愿意阅读这部作品，反复读之想之，为何良先生对深圳特区的热爱，对八卦岭工业区的满腔情怀，对创业者们的由衷敬重而感动，因此提笔写下这篇小文。

深圳特区的建设史发展史，早期曾经被人赞誉为“一夜城的崛起”，又以三天一层楼的“深圳速度”而闻名于世，以其敢闯敢干敢试的深圳精神建设起一座现代化的国际大都市，创造了中国奇迹和世界奇迹。在深圳经济特区建立40周年庆祝大会上，习近平总书记高度肯定“深圳是改革开放后党和人民一手缔造的崭新城市，是中国特色社会主义在一张白纸上的精彩演绎。”深圳所创造的奇迹，不仅是中国特色社会主义的一个奇迹，也是世界城市发展史上的一个奇迹。而八卦岭工业区是深圳奇迹中的一道亮丽的风景，是深圳奇迹的一道荣光。何良先生的《八卦岭：追梦驿站》以20世纪80年代至90年代中期深圳特区的改革开放和大开发为大背景，以尚志安等一批工业区“拓荒牛”创业者的故事为主线，记录了八卦岭工业区的发展历程与创业者的精彩故事。全书共分五章，以翔实的史料作为框架，以文学的笔触，多视角、多层面记录了八卦岭的前世今生、八卦岭的开发传奇、八卦岭的创业群体等历史，可说是一部“八卦岭传”。作者之所以呕心沥血写这部作品，是出于他对八卦岭的热爱与情怀。他曾经在八卦岭工业区工作过，是八卦岭工业区的建设者和亲历者，对八卦岭有深厚的感情，因此，他是以真诚、激情、悲悯的情怀来书写八卦岭的历史与荣光的。

作为非虚构作品，《八卦岭：追梦驿站》具有两大特点，一是讲究史料的深入收集，重视史实的翔实与真实，注重人物的口述史采访，因此全书具有较强的历史现场感和时代特色；二是立足大时代记录成千上万人的寻梦圆梦故事，通过建设者、创业者的经历这个小切口反映深圳特区激情燃烧的岁月与“拓荒牛”精神。书中所写的八卦岭建设者中，以八卦岭工业区工程基建指挥部总指挥尚志安的事迹最为感人，他在广州本有志得意满的工作岗位和温馨舒适的家庭生活，却于1982年只身奔赴正在大开发、条件艰苦的深圳特区，正是在这样一批实干家的奋斗努力下，短短几年，八卦岭这个曾经的荒山野岭就建立起现代化的工业区。本书虽然是以非虚构作品面世，但却有浓郁的人文情怀和真情实感。书中写了一些在八卦岭工业区成长起来的企业家奋斗史，他们是八卦岭建设者、创业者的优秀代表，他们都非常感恩八卦岭工业区这块风水宝地，让他们在建设中学会创业，在重重挫折中学会面对困难、迎接挑战并获得人生成功。

2021年是中国共产党成立百年之际，百年恰是风华，而八卦岭的奋斗史从一个侧面印证了中国共产党在深圳创办经济特区是正确的，是成功的，因此此书具有历史意义和现实意义。它的价值不仅是具有史料性，填补了书写八卦岭奋斗史的空白，而且具有借鉴意义和启发性，让人们通过八卦岭的奋斗史，了解深圳特区不是一天建成的。如今的深圳正在建设中国特色社会主义先行示范区，非常需要这种敢闯敢干敢试的精神，特区创业者们的拓荒牛精神值得我们传承和发扬！

何良先生说得好：读《八卦岭：追梦驿站》，“能够唤起很多人当年跋山涉水、日夜兼程，前来抚摸深圳经济特区的那股激情、那种记忆和那份初心……”感谢何良先生为读者奉献了这份精神财富！向何良先生致敬！

2022年11月24日

该序作者系中共深圳市委党史文献研究室（深圳市人民政府地方志办公室）原二级巡视员，广东省地方志学会副会长，中共广东党史学会原副会长，政协深圳市第六届委员会委员，历史学副研究员

目录

CONTENTS

第一章　前世今生八卦岭

第二章　沸腾了，八卦岭的春天

第三章　从声名鹊起，到“凤凰涅槃”

关于八卦岭的前世今生，我将其“前世”的下限时间，主观地划为1980年8月26日，即深圳经济
圳市委市政府1982年2月发文成立“深圳市工业发展服务公司”（以下简称“工发公司
神秘地说，八卦岭，因为一个叫“牌榜山”的地方而得名；有人说，八卦岭，因地形似八卦图而得名；
家族群中有一种风俗，即“捡骨”二次安葬。客家亲人死
存在，它没有一个美丽动听的名字，那
，而在人类社会超稳定发展的历史长河中，更不可能有人会顾及这片
与文化有点沾边的名字吗！我们应该感谢哪位先人给它起了这么个让人联想到中
人说，二十世纪五六十年代的八卦岭，其实是一个
的方位模型。在采访中，景行文化传媒（深圳）有限公司的经理史光耀先生与我
么绕了一圈回到了原地了？他想着，这不与地球与航海
个有关八卦岭的完整的比如“八卦图”“数字卦”或先天八卦、
爱的人，人们十分敬慕解放军，军民关系犹如鱼水
成群的牛羊，后来才知道是某外贸机构把那片山坡作为牛羊
西部附近方位。至于确
扬、默默无闻的。然而，我们别小看这块曾经坑洼不平的弹丸
。而千百年来，它曾经背靠着罗湖的泥岗大银湖，并在泥岗村和
刚”，踌躇满志地探路西北角八卦
于当时根本没有什么笋岗路、红岭路、上步路和泥岗路，这些大路都是1985年以
4日，八卦岭工业区，作为深圳经
1981年12月随部队转入深圳，算是最早一批进入深圳
一路开发，之后进入八卦岭。印象中的八卦岭到处是泥滩，几
，每天下班回去最犯愁就是满身的污泥。据当年随尚志安
事宜。快40年过去了，孙雄的记忆让我惊喜，他说当年
，从只有荆棘的地方开辟出来的。’（引自鲁迅《呐喊》之小说
就是后来我们鹏基总公司的办公大院，你是否还记得20
不像有些人回忆的是什么西
所在地，也就是深圳市著名的“红岭北路
八卦岭本来与位于通心岭的深圳市委市政府所在地
星导航系统那样准确无
卦岭的一草一木、一沟一壑，便变
进婚姻殿堂的地方。是啊，在很多深圳人的回忆中
代化先进理念的工业园区，开创了当年高速开发和建设工业
具有国际先进水平的液
蜕变，旧貌换新颜。八卦岭已经从一个名不见经传的小山头
于它神秘如龟的地形，而在于20世纪
，在40年前的一个春天，这里突然涌来了一股
海内外。关于八卦岭的前世今生，我将其“前世”的
就是深圳市委市政府1982年2月发文成立“深圳市工业发展服务公司”（以下简
。有人神秘地说，八卦岭，因为一个叫“牌榜山”的地方而得名；
”。客家族群中有一种风俗，即“捡骨”二次安葬。客家亲人
无闻的存在，它没有一个美丽动听的名字，那不是它的错。它没能
的身躯，而在人类社会超稳定发展的
了一个与文化有点沾边的名字吗！我们应该感谢
地。老人说，二十世纪五六十年代的八卦岭，
八卦图的方位模型。在采访中，景行文化传媒（深圳）有限公司的经理史光耀先
的，怎么绕了一圈回到了原地了？他想着，这不与地球与航海一样道理吗？难
说过一个有关八卦岭的完整的比如“八卦图”“数字卦”或先
是最可爱的人，人们十分敬慕解放军，军民
人放牧成群的牛羊，后来才知道是某外贸机构把那
的八卦岭西部附近方位。至于确切的具体
其貌不扬、默默无闻的。然而，我们别小看这块曾
的辖区。而千百年来，它曾经背靠着罗湖的泥岗大银湖，
大“金刚”，踌躇满志地探路西北角八卦岭。不久前，八卦岭东面曾
路。由于当时根本没有什么笋岗路、红岭路、上步路和泥岗路，这些大路都是
2年9月14日，八卦岭工业区，作为深圳经济特区重大建设工程之一正式
对现1981年12月随部队转入深圳，算是最早一批进入深圳
工业区一路开发，之后进入八卦岭。印象中的八卦岭到处是泥滩，几乎没有一
当恶劣的，每天下班回去最犯愁就是满身的污泥。据当年随尚志安转战开发八卦岭
划地开发事宜。快40年过去了，孙雄的记忆让我惊喜，他说当年去泥岗村签约的具体情景犹如昨天。随

第四章　追梦吧！奏响青春之歌

第五章　再出发！低调辉煌八卦岭

相关附录

关于八卦岭的前世今生，我将其“前世”的下限时间，主观地划为1980年8月26日，即深圳经济特区正式成立之时，也就是说，这个时间同样为八卦岭“今生”的上限时间。这个时候由

圳市委市政府1982年2月发文成立“深圳市工业发展服务公司”（以下简称“工发公司”）和“深圳市八卦岭工业区基建工程指挥部”。这也正是我划分八卦岭“前世今生”的主要依据。

秘地说，八卦岭，因为一个叫“牌榜山”的地方而得名；有人说，八卦岭，因地形似八卦图而得名；也有人刻薄地说，八卦岭的前世根本就没有名字，它只不过是笔架山下的一群无名

家族群中有一种风俗，即“捡骨”二次安葬。客家亲人死后先是棺木葬入土中，等三五年尸体腐烂化骨后便开棺捡骨安放在坛子里，而坛子即敬称“金罐”。这种葬仪与客家移民文化有

存在，它没有一个美丽动听的名字，那不是它的错。它没能成为名山名地，那是因为李白、苏东坡、徐霞客等文人骚客没有经过那里，于是它没有机会出名，或说大自然或说人类没有忌

而在人类社会超稳定发展的历史长河中，更不可能有人会顾及这片小山丘的存在！这虽说是再平常不过的事，但当在采访中听到很多泥岗老人都记不住八卦岭40年前的模样时，我还是

与文化有点沾边的名字吗！我们应该感谢哪位先人给它起了这么个让人联想到中国道教文化的奇葩名字呢，不是吗？！为了探秘八卦岭前世，几个月来，我走访了园岭、泥岗的老人和军

人说，二十世纪五六十年代的八卦岭，其实是一个灌木丛生的荒坡野岭，野乔木也寥寥无几。有几处草塘沟壑，山包丘陵，坑坑洼洼，人迹少见。印象中东面有一个天然小草塘和一条小

的方位模型。在采访中，景行文化传媒（深圳）有限公司的经理史光耀先生与我说了一个他在八卦岭亲身经历的故事。那是在16年前，他刚到八卦岭一家文化公司上班，对八卦岭的地形

么绕了一圈回到了原地了？他想着，这不与地球与航海一样道理吗？难道八卦岭是一个圆形或椭圆形地形？……根据一些历史资料分析，八卦岭主要是一些小山坡小丘陵，而且很多都是

个有关八卦岭的完整的比如“八卦图”“数字卦”或先天八卦、后天八卦之类的传说故事。银湖脚下有个社区的老大娘回忆说，记不住是在20世纪60还是70年代的什么时候开始，八卦岭

爱的人，人们十分敬慕解放军，军民关系犹如鱼水情深，往来密切，关系融洽。也是打那时起吧，八卦岭在他们的心目中，慢慢地从迷信的畏惧变成信仰的敬畏了。我好奇地问她：是否

成群的牛羊，后来才知道是某外贸机构把那片山坡作为牛羊出口周转基地，据说主要任务是支援和满足港澳同胞日常生活上的肉食供应。这些牛羊是按计划出口分批转运到香港的，而在

西部附近方位。至于确切的具体方位，至今仍没找到确证。其实，八卦岭与泥岗村有着更亲密的关系，不少老人回忆认为：历史上的八卦岭，其本身更多时候是归属于泥岗村的。当然，

、默默无闻的。然而，我们别小看这块曾经坑洼不平的弹丸之地，那可是历代行政区划中未来得及开垦的黄金地段和后花园。尽管在千百年漫长的岁月里，八卦岭都是默默地躺在笔架

而千百年来，它曾经背靠着罗湖的泥岗大银湖，并在泥岗村和园岭村的相拥宠爱之中，日日夜夜地等候着、静默无声地等候着！正是一块福地，千年等一回！终于等到了今天这么一个

刚”，踌躇满志地探路西北角八卦岭。不久前，八卦岭东面曾经的部队营地，已经作为公司的临时办公地点。今天，他们从上步轻工业区出发，不走东面现成的路，而操小道走到八卦岭

于当时根本没有什么笋岗路、红岭路、上步路和泥岗路，这些大路都是1985年以后陆续修建起来的，八卦岭的四周只是一些羊肠小道。他们经过几转几绕，从根本不是路的荆棘草地上找

4日，八卦岭工业区，作为深圳经济特区重大建设工程之一正式破土开发。该工业区占地面积为1.2平方公里，总投资2.8亿元，总建筑面积200万平方米，共118栋标准厂房和专业厂房。

981年12月随部队转入深圳，算是最早一批进入深圳的工程兵，1983年9月15日部队集体转业后，他被分配在深圳市建设集团深港建筑工程公司工作。他不但清楚地记得当年八卦岭的情景

一路开发，之后进入八卦岭。印象中的八卦岭到处是泥滩，几乎没有一条像样的路子，作为先头部队，他们的任务是挖排洪沟、水沙池等土方泥瓦工。记得八卦岭西部腹地到处是小沙丘

每天下班回去最犯愁就是满身的污泥。据当年随尚志安转战开发八卦岭工业区，后来相继出任深圳市工业发展服务公司人事部副部长、鹏基工业发展总公司副总经理的孙雄先生回忆：

事宜。快40年过去了，孙雄的记忆让我惊喜，他说当年去泥岗村签约的具体情景犹如昨天。随着我激动无序地插问，他不假思索，应答如流。当问及他当时是怎么找到泥岗村的？他笑呵

，从只有荆棘的地方开辟出来的。’（引自鲁迅《呐喊》之小说《故乡》中的名言）”他随口背着鲁迅的名句，铿锵有力，顺畅自如，当即感染了我，我也激动了：“走的人多了，也变

就是后来我们鹏基总公司的办公大院，你是否还记得20世纪90年代初，我们的饭堂周围长满了挺拔葱郁的菠萝蜜树和木麻黄树？噢，我想起来了，这就全对了！当时我还常常纳闷：总公

不像有些人回忆的是什么西南方向那块开阔地了，而应该是东南偏东方向那块有自然湖（或人工湖）的地方了。这块最漂亮的区域，就是后来八卦岭工业区正式动土开发时公司所在地，

在地，也就是深圳市著名的“红岭北路一号”。这真是一块风水宝地啊！据说深圳早期的地图都对这一翠若邓林的漂亮园区有绘制记载。可惜由于种种原因，该公司的后人没能留住其

卦岭本来与位于通心岭的深圳市委市政府所在地直线距离很短，但在当时被认为即使去深南大道方向的电子厂、上海宾馆一带工地，也似乎比八卦岭的路近很多也好走很多。八卦岭由

星导航系统那样准确无误地描述八卦岭：位于红岭北路以西、上步北路以东、笋岗西路以北、泥岗西路以南……在我看来，八卦岭的地形方位本来没那么复杂和神秘。它不过像空中撑起

卦岭的一草一木、一沟一壑，便变得越来越神秘和传奇。现在的很多深圳年轻人，每当问起八卦岭，他们只会眉飞色舞，激动地向你描述八卦岭一路食街夜市的美味佳肴。但如果你遇到6

进婚姻殿堂的地方。是啊，在很多深圳人的回忆中，八卦岭承载和记录了成千上万外来青工和创业者的辛酸与快乐、失败与成功、希望与梦想……因为，自从20世纪80年代以来，他们都

代化先进理念的工业园区，开创了当年高速开发和建设工业区的深圳速度，其开发模式也成为当年深圳乃至中国工业区开发的成功范本。八卦岭工业区，当初从一万元起家的工业发展服

具有国际先进水平的液晶显示生产线和光纤连接器生产线等，以及机械设备、租赁业、印刷业、国际展览业、家居装饰业、图书批发业等，在当时的深圳乃至中国都是业界翘楚，堪称美

蜕变，旧貌换新颜。八卦岭已经从一个名不见经传的小山头，建成了一个独具时代特色的时尚文化园区，并已逐步实现它的产业结构转型，目前又正在打造一个国际级的金融科技创新外

于它神秘如龟的地形，而在于20世纪80年代它创造了深圳经济特区高速度开发工业区的“一夜传奇”，还在于它至今已成为成千上万深圳人的“初恋”和“城愁”。在深圳笔架山东南部

在40年前的一个春天，这里突然涌来了一股波澜壮阔的大潮，让它一夜之间风光盖世扬名海外，让傲慢的笔架山、银湖山脉都不得不垂下高昂的头。它，就是八卦岭关于八卦岭的名字

海内外。关于八卦岭的前世今生，我将其“前世”的下限时间，主观地划为1980年8月26日，即深圳经济特区正式成立之时，也就是说，这个时间同样为八卦岭“今生”的上限时间。这个

就是深圳市委市政府1982年2月发文成立“深圳市工业发展服务公司”（以下简称“工发公司”）和“深圳市八卦岭工业区基建工程指挥部”。这也正是我划分八卦岭“前世今生”的主

有人神秘地说，八卦岭，因为一个叫“牌榜山”的地方而得名；有人说，八卦岭，因地形似八卦图而得名；也有人刻薄地说，八卦岭的前世根本就没有名字，它只不过是笔架山下的一

。客家族群中有一种风俗，即“捡骨”二次安葬。客家亲人死后先是棺木葬入土中，等三五年尸体腐烂化骨后便开棺捡骨安放在坛子里，而坛子即敬称“金罐”。这种葬仪与客家移民

无闻的存在，它没有一个美丽动听的名字，那不是它的错。它没能成为名山名地，那是因为李白、苏东坡、徐霞客等文人骚客没有经过那里，于是它没有机会出名，或说大自然或说人类

的身躯，而在人类社会超稳定发展的历史长河中，更不可能有人会顾及这片小山丘的存在！这虽说是再平常不过的事，但当在采访中听到很多泥岗老人都记不住八卦岭40年前的模样时，

了一个与文化有点沾边的名字吗！我们应该感谢哪位先人给它起了这么个让人联想到中国道教文化的奇葩名字呢，不是吗？！为了探秘八卦岭前世，几个月来，我走访了园岭、泥岗的老

。老人说，二十世纪五六十年代的八卦岭，其实是一个灌木丛生的荒坡野岭，野乔木也寥寥无几。有几处草塘沟壑，山包丘陵，坑坑洼洼，人迹少见。印象中东面有一个天然小草塘和

八卦图的方位模型。在采访中，景行文化传媒（深圳）有限公司的经理史光耀先生与我说了一个他在八卦岭亲身经历的故事。那是在16年前，他刚到八卦岭一家文化公司上班，对八卦岭

，怎么绕了一圈回到了原地了？他想着，这不与地球与航海一样道理吗？难道八卦岭是一个圆形或椭圆形地形？……根据一些历史资料分析，八卦岭主要是一些小山坡小丘陵，而且很

说过一个有关八卦岭的完整的比如“八卦图”“数字卦”或先天八卦、后天八卦之类的传说故事。银湖脚下有个社区的老大娘回忆说，记不住是在20世纪60还是70年代的什么时候开始，

是最可爱的人，人们十分敬慕解放军，军民关系犹如鱼水情深，往来密切，关系融洽。也是打那时起吧，八卦岭在他们的心目中，慢慢地从迷信的畏惧变成信仰的敬畏了。我好奇地问她

人放牧成群的牛羊，后来才知道是某外贸机构把那片山坡作为牛羊出口周转基地，据说主要任务是支援和满足港澳同胞日常生活上的肉食供应。这些牛羊是按计划出口分批转运到香港的

八卦岭西部附近方位。至于确切的具体方位，至今仍没找到确证。其实，八卦岭与泥岗村有着更亲密的关系，不少老人回忆认为：历史上的八卦岭，其本身更多时候是归属于泥岗村的

其貌不扬、默默无闻的。然而，我们别小看这块曾经坑洼不平的弹丸之地，那可是历代行政区划中未来得及开垦的黄金地段和后花园。尽管在千百年漫长的岁月里，八卦岭都是默默地躺

的辖区。而千百年来，它曾经背靠着罗湖的泥岗大银湖，并在泥岗村和园岭村的相拥宠爱之中，日日夜夜地等候着、静默无声地等候着！正是一块福地，千年等一回！终于等到了今天这

大“金刚”，踌躇满志地探路西北角八卦岭。不久前，八卦岭东面曾经的部队营地，已经作为公司的临时办公地点。今天，他们从上步轻工业区出发，不走东面现成的路，而操小道走到

路。由于当时根本没有什么笋岗路、红岭路、上步路和泥岗路，这些大路都是1985年以后陆续修建起来的，八卦岭的四周只是一些羊肠小道。他们经过几转几绕，从根本不是路的荆棘

年9月14日，八卦岭工业区，作为深圳经济特区重大建设工程之一正式破土开发。该工业区占地面积为1.2平方公里，总投资2.8亿元，总建筑面积200万平方米，共118栋标准厂房和专业厂

对现1981年12月随部队转入深圳，算是最早一批进入深圳的工程兵，1983年9月15日部队集体转业后，他被分配在深圳市建设集团深港建筑工程公司工作。他不但清楚地记得当年八卦岭

工业区一路开发，之后进入八卦岭。印象中的八卦岭到处是泥滩，几乎没有一条像样的路子，作为先头部队，他们的任务是挖排洪沟、水沙池等土方泥瓦工。记得八卦岭西部腹地到处是

恶劣的，每天下班回去最犯愁就是满身的污泥。据当年随尚志安转战开发八卦岭工业区，后来相继出任深圳市工业发展服务公司人事部副部长、鹏基工业发展总公司副总经理的孙雄先

划地开发事宜。快40年过去了，孙雄的记忆让我惊喜，他说当年去泥岗村签约的具体情景犹如昨天。随着我激动无序地插问，他不假思索，应答如流。当问及他当时是怎么找到泥岗村的

八卦岭的神奇，其实不在于它奇葩的名字，更不在于它**神秘如卦**的地形，而在于20世纪80年代它创造了深圳经济特区**高速开发**工业区的『一夜传奇』。

第一章

前世今生八卦岭

“八卦”前世八卦岭

在深圳笔架山东南部山脚边，有一块风水宝地。它得大自在，静静地卧在园岭与泥岗两村的中间，无言地见证了千百年来超稳定社会结构的变迁与朝代更替的动荡，默默地感受着世世代代村民因为时势变化与隶属变换而对它的冷暖无常。

然而，在40年前的一个春天，这里突然涌来了一股波澜壮阔的大潮，让它一夜之间风光盖世，扬名海外。

它，就是八卦岭！

你也许听说过八卦岭甚或还到过八卦岭，也许你只是在小小的版图上抚摸过八卦岭甚或只是神交八卦岭。

不管怎么说，八卦岭，那是个神奇的地方！

八卦岭的神奇，其实不在于它奇葩的名字，更不在于它神秘如卦的地形，而在于20世纪80年代它创造了深圳经济特区高速开发工业区的“一夜传奇”，还在于它至今已成为成千上万深圳人的“初恋”和“城愁”。

关于八卦岭的名字，并不像民间传说的那么神灵道卦、扑朔迷离，也不像有些不谙世事的网络写手所夸张和谬传的，是因为深圳市公布地铁站的名字而“一夜传奇”。

其实，早在20世纪80年代初，八卦岭的名字就已经一夜爆火，誉满海内外。

关于八卦岭“前世今生”的时限，我认为可以将其“前世”的下限时间，划为1980年8月26日，即深圳经济特区正式建立之时，也就是说，这个时间同样为八卦岭“今生”的上限时间。

这个时候的八卦岭，正值深圳经济特区正式建立，中国改革开放隆重拉开序幕。深圳经济特区积极推进改革开放，八卦岭的开发也正式列入了深圳市委、市政府的重要议事日程。其中，一个重要的标志性的时间节点，就是深圳市委、市政府于1982年2月发文成立“深圳市工业发展服务公司”（以下简称“工发公司”）和“深圳市八卦岭工业区基建工程指挥部”。这也正是我划分八卦岭“前世今生”的主要依据。而以这个时间节点为发端，八卦岭“前世”的下限节点也就是八卦岭“今生”的上限开始。

有关八卦岭“前世”名字的发端，众说纷纭，莫衷一是。

有人神秘地说，八卦岭，因为一个叫“牌榜山”的地方而得名；有人说，八卦岭，因地形似八卦图而得名；也有人刻薄地说，八卦岭的前世根本就没有名字，它原本只不过是笔架山下的一群无名小丘陵、小山头、小沟壑或小荒坡；甚至还有人说，八卦岭，其实就是一片无人认领的荒丘野坟。确实有人证实，在开发前的八卦岭，某些小山头曾经安放有一些客家先人的“坛子”（客家族群中有一种风俗，即捡骨二次安葬。客家先人去世后，先是以棺木葬入土中，等三五年尸体腐烂化骨后，亲人便开棺捡骨安放在坛子里，且敬称坛子为“金罐”。这种葬仪与客家移民文化有关，因为客居他乡的先人遗骨始终是要回归故里安葬的），而与什么“牌榜”好像没有多大关系。

其实，一块无名地，与一个人潦倒悲凄的命运有点相似。有些山岭坡地，即使过了千百万年也只能是一种默默无闻的存在，它没有一个美丽动听的名字，那不是它的错。它没能成为名山名地，那是因为李白、苏东坡、徐霞客等文人骚客们没有经过那里，于是它没有机会出名，或说大自然和人类没有恩赐于它机会。

相对八卦岭西北面雄伟挺拔的笔架山来说，它不可一世地傲视着八卦岭乃至深圳湾的近山远水，号称深圳“名山”，史志上也有点滴记载。而作为荒山野丘的八卦岭，大自然没有赐予它雄健的身躯，在历史长河中，更不可能有人会顾及这片小山丘的存在。这虽说是再平常不过的事，但当在采访中听到很多园岭、泥岗的老人都记不住八卦岭40年前的模样时，我还是感到一种莫名的悲凉。

其实，莫说野岭荒山，人类之命运岂不亦然？！

想到这里，我突然觉得八卦岭还是幸运的。八卦岭虽说山头无名，树木无春，但它还拥有了一个与文化有点沾边的名字。我们应该感谢先人给它起了这么个让人联想到中国道教文化的奇葩名字，不是吗？

为了探秘八卦岭前世，几个月来，我走访了园岭、泥岗的老人和早期开发八卦岭的不少“拓荒牛”、工程兵们。据泥岗村一位不愿意透露姓名的老伯回忆，他印象中的八卦岭前世，“就连逢年过节拜祭先人也不多见”，他的意思是即使安葬故人，八卦岭也还不算是风水宝地。老人说，二十世纪五六十年代的八卦岭，其实是一个灌木丛生的荒坡野岭，野乔木也寥寥无几。有几处草塘沟壑，山包丘陵，坑坑洼洼，人迹少见。印象中东面有一个天然小草塘和一条好像永远都有水流淌的小水沟，也不知道沟里的污水是从哪里来的。

也有些人从八卦岭的地形来说八卦岭的八卦方位问题，这种说法似有一些道理。从航拍的照片来看，八卦岭图像确实有点像八卦图的方位模型。在采访中，景行文化传媒（深圳）有限公司的经理史光耀与我说了一个他在八卦岭亲身经历的故事。那是在17年前，他刚到八卦岭一家文化公司上班，对八卦岭的地形和街道完全不熟悉，有一天晚上加班后他与一位同事去八卦一路方向找吃的，两个人沿着八卦岭外围街道边走边聊天，最后居然不知不觉地走回到了他们公司楼下。他当时很惊讶很纳闷，没找到吃的，怎么绕了一圈回到原地了？他想着，这不与环球航海一样道理吗，难道八卦岭是一个圆形或椭圆形的形状？

根据一些历史资料分析，早年的八卦岭主要是一些小山坡小丘陵，而且很多都是光秃秃的，不像现在的山都是树林。八卦岭地形，有点像八卦方位。我采访的近半百人中，虽然也有人提起过八卦岭是否与道教或《易经》上的八卦图有关，但不曾听说过八卦方面的神秘传说，也没听说过一个有关八卦的完整故事，比如八卦图、数字卦或先天八卦、后天八卦之类的传说故事。

银湖山脚下有个社区的老大娘回忆，记不清是从二十世纪六七十年代的哪个时间点开始，八卦岭东面的一片开阔地，驻扎了解放军的部队，解放军在那年搭起了简陋的营房，陆续植树造林，八卦岭从此开始有了一点生机，渐渐地就开始有人到八卦岭的山坡上玩耍、捉小鱼、摘野果。解放军是最可爱的人，人们十分敬慕解放军，军民关系犹如鱼水情深，往来密切，关系融洽。也是打那时起，八卦岭在老大娘她们的心目中，慢慢地从迷信的畏惧变成信仰的敬畏了。我好奇地问她：是否每天早上都能听到嘹亮的军号声？是否军号声常常成为你们劳作中的期待？她思忖着，然后摇摇头：记不住是否有这些了……

访问中，有个老伯回忆道，记不清什么时候开始，八卦岭西北面的小山坡，有人放牧成群的牛羊，后来才知道是某外贸机构把那片山坡作为牛羊出口周转基地，据说主要任务是支援和满足港澳同胞日常生活上的肉食供应。这些牛羊是按计划出口，分批转运到香港的，而在转运香港之前，就要在八卦岭的这个中转基地上放牧饲养，等待分批运送。在我后来的采访中，进一步证实了外贸牛羊出口周转基地的大致方位，是在八卦岭的西面腹地，差不多就在泥岗路以南的八卦岭西部附近方位。至于确切的具体方位，至今仍没找到确证。

1983年下半年，八卦岭实施“五通一平”基础工程（尚敏智　供图）

其实，八卦岭与泥岗村有着更亲密的关系，不少老人回忆认为：历史上的八卦岭，其本身更多时候是归属于泥岗村的。当然，八卦岭在行政区划上的历史归属，随着时代的变迁和行政区划的变化而不断调整改变。八卦岭注定了会在园岭或泥岗之间分分合合、合合分分，息息相关、脉脉相连。

不管怎么说，八卦岭的前世似乎是其貌不扬、默默无闻的。然而，我们别小看这块曾经坑洼不平的弹丸之地，那可是历代行政区划中未来得及开垦的黄金地段和后花园。

尽管在千百年漫长的岁月里，八卦岭都是默默地躺在笔架山脚边，但这种悄无声息的守候与存在，你能说那不是一种力量的积蓄吗？你能说它不是一种美丽的等待吗？

在当今的深圳行政版图上，八卦岭已经不属于罗湖区泥岗村，而是属于福田区园岭街道办的辖区。而千百年来，它曾经背靠罗湖的泥岗大银湖，并在泥岗村和园岭村的相拥宠爱之中，日日夜夜、静默无声地等候着。

这块福地，千年等一回，终于等到了一个划时代的华丽转身!

漫话八卦岭今生

那是1982年秋天的一个上午，八卦岭西北部腹地迎来了几个陌生人。时任深圳市八卦岭工业区基建工程指挥部副总指挥的尚志安，怀着上步轻工业区开发“试水成功”的喜悦，带着他的几大“金刚”，踌躇满志地探路八卦岭西北角。

不久前，八卦岭东面曾经的部队营地，已经作为深圳市工业发展服务公司的临时办公地点。今天，他们从上步轻工业区出发，不走东面现成的路，抄小道走到八卦岭西南面边缘，尚志安心里很清楚，他要重点开发的是八卦岭的西南、西北部腹地。于是，他带头沿着根本没有路的西北方向，蹚着泥巴一步一步地走到八卦岭西北角，却怎么也找不到能进去八卦岭腹地的路。当时根本没有什么笋岗路、红岭路、上步路和泥岗路（这些大路都是1985年以后陆续修建起来的），四周只是一些泥泞小道。他们经过几转几绕，在根本不是路的荆棘草地上摸索前进，艰难地走到了泥岗村的南边，即现在的八卦岭工业区北边泥岗人行天桥附近，好不容易才找到了一条羊肠小道，终于进入了八卦岭西北部腹地。

据深圳史志记载：1982年9月14日，八卦岭工业区，作为深圳经济特区重大建设工程之一正式破土开发。该工业区占地面积为1.2平方千米，总投资2.8亿元，总建筑面积200万平方米，共118栋标准厂房和专业厂房。[1]

1. 中共深圳市委党史研究室，深圳市史志办公室. 深圳大事记：1978—2020［M］. 深圳：深圳报业集团出版社，2021：45.

1984年八卦岭开发之初，周边还有许多山丘、空地（尚敏智　供图）

提起1982年开发前后的八卦岭，有不少拓荒者都记忆犹新。据1983年3月起担任某部队政治处保卫干事的李平均回忆，印象中，八卦岭是一片多丘陵、多山包的地方。当年他工作时，几乎每天都要从现在的红岭北路机关所在地到八卦岭边上的白沙岭一带，了解汽车连和土方连的施工情况。当时笋岗路还没打通，他只能绕道红荔路、华强路，再转到白沙岭或笔架山下。八卦岭的西南、西北基本都是泥泞山坡，无路可走。

我采访的众多的工程兵中，中国人民解放军原某部工程营五连一排一班班长刘对现，是一个对八卦岭的开发过程存有比较完整记忆的工程兵。刘对现1981年12月随部队转入深圳，算是最早一批进入深圳的老工程兵，1983年9月15日部队集体转业后，他被分配在深圳市建设集团深港建筑工程公司工作。他不但清楚地记得当年拓荒八卦岭的情景，在后来的工作中，他还通过纪实摄影的艺术表达形式真实地记录了八卦岭

1985年，八卦岭工业区开发工地（尚敏智　供图）

几十年来的社会变迁。他说八卦岭是他在深圳的最初记忆之一。当年，他作为公司施工队的泥瓦工，随着基建工程部队从上步轻工业区一路开发，之后进入八卦岭。印象中的八卦岭到处是泥滩，几乎没有一条像样的路，作为先头部队，他们的任务是挖排洪沟、水沙池等土方泥瓦工作。记得八卦岭西部腹地到处是小沙丘小山包，山包上偶尔可见一些应该是无人认领的“坛子”，有几处开阔地偶有几棵大叶桉、木麻黄之类的乔木，八卦岭腹地有条小水沟，好像还有小水潭。当年八卦岭工业区的工程开发，环境和条件相当恶劣，每天下班回去最犯愁的就是满身的污泥。

据当年随尚志安转战开发八卦岭工业区，后来先后出任深圳市工业发展服务公司人事部副部长、鹏基工业发展总公司副总经理的孙雄回忆：八卦岭的区域当时隶属于现在的罗湖区泥岗村。作为公司的人事干部，开发八卦岭前夕，他曾奉命将开发八卦岭的政府批件，包括开发中需要赔偿给泥岗村的树木损失等协议书送去泥岗村，协调处理有关政府划地开发事宜。

快40年过去了，孙雄的记忆让我惊喜，他说当年去泥岗村签约的具体情景犹如昨天。随着我无序的插问，他不假思索，应答如流。当问及他当时是怎么找到泥岗村的，他笑呵呵地说，本来东北边是有小路过去的，但当时不小心陷入了西北边的泥滩，"那路真是难走啊！"我打趣地说，"其实地上本没有路"……他马上说："对，对！'什么是路？就是从没路的地方践踏出来的，从只有荆棘的地方开辟出来的。'（引自鲁迅文集《呐喊》之小说《故乡》中的名言）"他随口背着鲁迅的名句，铿锵有力，顺畅自如，当即感染了我，我也激动了："走的人多了，也变成了路"……背完这段话，我俩哈哈对视而笑。

为了进一步了解八卦岭"前世"的地理环境和行政区域，我抓住机会向孙雄求证当年某炮兵部队驻地和外贸牛羊出口周转基地的具体方位。他很肯定地说，当年解放军营房就是后来鹏基总公司的办公大院，问我是否还记得20世纪90年代初，我们的饭堂周围长满了挺拔葱郁的菠萝蜜树和木麻黄树？

噢，我想起来了，这就全对了！当时我还常常纳闷：总公司大院才开张几年时间，哪来这么些树种多样的大乔木和硕果累累的果树呢，原来这个大院以前就是部队驻扎时的营房。今天孙雄终于帮我解开了这个多年的疑惑。

照这么说，当年部队营房的具体方位就不像有些人回忆的是什么西南方向那块开阔地了，而应该是东南偏东方向那块有自然湖（或人工湖）的地方了。这块最漂亮的区域，就是后来八卦岭工业区正式动土开发时的公司所在地，也就是“深圳市工业发展服务公司”和“深圳市八卦岭工业区基建工程指挥部”正式挂牌的地方。聪明的“工发人”后来把这块曾经的部队营地装点成全市闻名、有美丽湖景的“深圳市工业发展服务公司”大院所在地，也就是深圳市著名的“红岭北路一号” 。

这真是一块风水宝地啊！据说深圳早期的地图都对这一漂亮园区有绘制记载。可惜由于种种原因，该公司的“后人”没能留住其“前人”留下的弥足珍贵的“宅基地”。

据说，当年工业区正在开发的时候，市里领导常常要去八卦岭视察，工作人员回来便描绘八卦岭的神秘，说八卦岭是一个近在咫尺却让人感到远在天边的地方。八卦岭本来与位于通心岭的深圳市委、市政府所在地的直线距离很短，但在当时被认为即使去深南大道方向的电子厂、上海宾馆一带的工地，也似乎比去八卦岭的路近很多也好走很多。八卦岭由于多见山丘与沟壑，没有现成的路可走，在当时人们的印象中是深圳“西伯利亚”的心理距离。这也足见八卦岭的前世还有点凄凉。

八卦岭，是一个神秘和传奇的地方。

即便是一些刚到深圳的青年人，说起八卦岭的地形、方位，他们都会像北斗卫星导航系统那样准确无误地描述八卦岭：位于红岭北路以西、上步北路以东、笋岗西路以北、泥岗西路以南……

在我看来，八卦岭的地形方位本来没那么复杂和神秘。它不过像空中撑起的一把蘑菇伞，时刻在为园岭和泥岗遮风挡雨。它更像一顶八卦帽，是一个戴在园岭边上的形似八卦图的海龟壳，于是有人说它驱魔辟邪，有人说它是吉祥之宝，更有人说它是飞黄腾达的发祥地，说着说着，八卦岭的一草一木、一沟一壑，便变得越来越神秘和传奇。

现在很多的深圳年轻人，每当说起八卦岭，他们只会眉飞色舞，激

20世纪80年代初，八卦岭工业区开山一角（尚敏智　供图）

动地向你描述八卦一路美食街夜市的美味佳肴。但如果你遇到60岁左右的深圳人，说起八卦岭，他们会感慨满满，自然陷入一种激情追忆之中。在他们的记忆中，八卦岭是一部激情荡漾的历史，是他们追梦的驿站、创业的摇篮、青春绽放的乐园，还是他们开始幸福初恋甚至走进婚姻殿堂的地方。

是啊，在很多深圳人的回忆中，八卦岭承载和记录了成千上万外来

1985年，“万国旗”下的深圳女工（朱宪民　摄）

青工和创业者的辛酸与快乐、失败与成功、希望与梦想……因为，自20世纪80年代以来，他们密切关注、亲眼见证，甚至投身创造了八卦岭的辉煌和传奇。

八卦岭工业区，是深圳市政府在40年前最早规划开发的市属国有的标杆工业区。在20世纪80年代短短的10年间，它从荒山野岭开发建设成为具有现代化先进理念的工业园区，开创了当年高速开发和建设工业区的“深圳速度”，其开发模式也成为当年深圳乃至中国工业区开发的成功范本。

40年来，八卦岭工业区在一片荒山野岭上建立完善的工业发展服务体系，孵化产生了我国第一个激光视盘产业、孕育了国际品牌“创维电视”、缔造了国际保险巨头“中国平安”、创造了崭新品牌“安吉尔”，以及更具有国际先进水平的液晶显示生产线和光纤连接器生产线等，还开发了机械设备、租赁业、印刷业、国际展览业、家居装饰业、图书批发业等多业态聚集的产业群，在深圳乃至中国都是业界翘楚，堪称美丽的传奇！

今天，八卦岭已完全蜕变，旧貌换新颜。它已经从一个名不见经传的小山头，建成为一个独具时代特色的时尚文化园区，并已逐步实现它的产业结构转型——打造一个国际级的金融科技创新先导试验区。

口述八卦岭工业区开发史

在2019年创作《八卦岭之春》的时候，我得到了卢健民、李祥彪等老领导、老同事的支持和帮助。之后，通过“鹏基朝阳群”这一平台，我们新老同事保持了联系并加强交流，每隔一段时间，同事们便组织“茶叙”聊天叙旧。本篇就是同事们在茶叙中口述的“八卦岭工业区开发史”，下文根据部分同事的口述整理。

■ 卢健民（原“工发公司”副经理，曾任鹏基工业发展总公司副总经理）：

1982年初，我作为1977级大学毕业生，从华南工学院（华南理工大学前身）毕业分配到深圳市政府办公厅。1984年，作为深圳市经济特区最年轻的市属企业领导干部之一，担任“工发公司”副经理。因为何良创作《八卦岭之春》，从2019年以来与他有多次见面相聚，每一次的主题都是20世纪80年代的工业区拓荒历史，每一次见面，都想起当年的艰苦岁月，心情十分激动。

我刚分配到深圳时，是在深圳市政府办公厅工交处的，“工发公司”成立之时调入，成为真正的“老工发”。一到“工发公司”，我目睹了当时的尚志安同志，一天到晚围绕着工业区的“工程”与“贷款”问题伤透了脑筋，他的焦虑只能靠抽烟来排解，香烟一支接一支地抽着，这是老尚给我最熟悉的印象。老尚这个人啊，是个内心激情涌动、表面沉着冷静的谋略型领导，他原则性很强，敢闯敢干，干事雷厉风

2021年11月11日，作者（前排右一）与原“工发公司”部分老职员茶叙八卦岭工业区开发史

行、风风火火，当然沉着中有时也带点急躁脾气，毕竟当时开发工业区千头万绪、无从下手。他平时不怎么爱说笑，但是他很厚道善良，无论什么时候，他对下级都很和气，是个很让人敬重又让人有点敬畏的人。

八卦岭工业区开发建设进入招商引资阶段，那个时候真是客商云集啊，每天都在谈项目，每天都有合作协议签约，“工发公司”的事业进入了红红火火的时期。当时在深圳，你如果说你是“工发公司”的，那是很有面子的。老尚还是个很重视文化、重视人才的领导，在20世纪80年代初，他应该是深圳经济特区最早想到要到重点院校聘请专家教授来兼任公司高级顾问的企业家，如温元凯、端木正、叶春生、陈树柏等著名学者、教授就是当时聘请过来的。所以，尚志安同志是一个很有创新意识、开拓精神和社会情怀的企业家，他的精神和情怀是很值得我们继承和发扬的。

开发上步轻工业区的时候，我们的工作环境和生活条件都相当恶劣，那个时候，老尚带着我们开发工业区，大家都有一股艰苦创业的激情，心往一处想、劲往一处使，加班加点，没日没夜地干，有多么累没人去诉苦，给多少钱没人去过问，该干的就去干，该加班就加班，从不计较个人报酬。当时的工作氛围也特别好，同事之间就像兄弟姐妹一家人，人际关系很融洽，家庭的事情都放在一边，天天吃泡面、少睡觉，什么脏活重活，只要领导一句话，绝无怨言。那种精神现在想起来我都常常为之感动。

■ 孙雄（原“工发公司”人事部副部长，曾任鹏基工业发展总公司副总经理）：

20世纪80年代，我有幸参与了深圳经济特区的工业区开发，尤其是在尚志安经理的带领下艰苦创业。回顾那段历史，我心情十分激动。深圳市工业发展服务公司，是当时市委为了加快特区开放步伐，决策引进外资办工业而专门成立的市属工业服务国有企业。主要任务是建设工业区，吸引外资到特区兴办企业。第一期开发上步工业区0.28平方公里，第二期开发八卦岭工业区，占地面积1.08平方公里。同时成立基础工作组（城建集团前身），负责全市的基础“三通一平”（通水、通电、通路，平整土地）。当时的八卦岭是一个小山头，作为出口牛羊周转地及一个部队营房。在上步轻工业区开发基础上进行第二个工业区的开发，前期积累了一些经验，因此在开发规划上更加科学，如规划保留工业区四周30米的绿化带，可惜后来被破坏了。

尚志安同志敢闯敢干，带领我们艰苦创业，在一片丘陵上开发了高标准、大规模的工业区，为当年深圳经济特区开发工业区探索了一条新

尚志安在办公室（尚敏智　供图）

路子。

尚志安同志的主要贡献，我认为有以下几点：一是尚志安敢于借鉴香港开发商的经验。在当时，基础建设投资主要靠财政，而财政困难不可能投资，只能靠银行贷款。当时的土地又不能抵押，在市政府多次与银行协调下，贷出第一笔贷款2300万元，尚志安采取“边开发，边建设，边销售”等做法，这就是后来被称为“滚雪球”的经验，成功地开发了工业区。二是重视人才引进，大胆赋予重任。尚志安在改革开放之初，就已经意识到人才的重要性。他十分重用具有专业技能和创业精神的七七、七八级应届大学毕业生，同时招聘全国各地的专业技术人员，使公司得以快速发展。三是充分利用有利资源，积极招商引资、兴办实业。八卦岭工业区吸收了上步工业区的开发经验，投资环境优越，尚志安积极推进招商引资工作，吸引了香港上市公司南雀制衣集团、中华汽车、精细化工荣生集团、中央银行制币工厂等一大批优秀企业，使特区工业制造上了一个台阶。尚志安和他所带领的那一批“拓荒牛”们敢闯敢干、艰苦创业的精神是我们的一笔财富，值得我们发扬光大。

■ 李祥彪（原“工发公司”办公室主任，曾任鹏基工业发展总公司物业部部长）：

“工发公司”成立之初，真是白手起家，相当艰难啊。1982年，公司开发初期的第一个目标就是上步轻工业区。那个时候，政府没有钱，说是1万元的开办费，两个招牌一套人马，尚志安带上几个干部、技术人员和新来的大学生，连工业区的“三通一平”都要自己动手。到1983年，公司在上步工业区取得初步成效的情况下，又紧接着开发八卦岭工业区。为适应开发的需要，我们开始从上海、广州、武汉，后来又从西安、长春等地招聘来公司的第一批技术人员、干部和员工，大家刚来没有宿舍住，我们就在公司的饭堂后面用毛竹搭起了竹棚作为宿舍，大部分的员工都住在这里。1983年的那场大台风，一夜之间将整个竹棚宿舍都掀翻吹走了，那真是十分艰难的岁月啊……后来，我们又在这个地方再次搭建竹棚……老尚看着大家说说笑笑地重新搭竹棚，他心疼啊！他跟大伙说，以后一旦日子好过了，一定要让大家住上楼房。不久，公司对面的园岭新村部分建成预售了，老尚在公司资金还很困难的情况下，下决心一下子买了3栋200余套家属宿舍房，一次性地解决了公司员工和下属企业骨干的住宿问题。这在当时的深圳经济特区是一件大事啊，为什么我们现在回忆起来还会说“做‘工发公司’员工有多骄傲多自豪”！因为“工发公司”有一种团结一心、艰苦创业的精神，有一种凝聚力和归属感。

我跟老尚共事了几十年。他是一个襟怀坦白、敢干敢闯、敢于担当、雷厉风行、一心干事业的人。他是非分明，很坦荡地对待同志，是个很直爽、很善良的人。“工发公司”能够在那种艰难条件下开发出两个工业区，没有他那种魄力和精神，那是不可能完成的。有时候回过头来看看我们走过来的路，想想当年老尚带着我们开发工业区的历程，我常常会十分怀念那段时光，常常会想念老尚，常常会被当年“拓荒牛”们艰苦创业的精神感动。

■ 余旭升（原“工发公司”职员，曾任深业鹏基南方集团党委委员、深业南方地产集团工会主席）：

我想讲两个方面。第一，关于公司成立的历史。有两点值得记住：一是我们“工发公司”是带着历史使命成立的。我们公司是带有某种特定政府职能的公司，这是公司当时成立的历史背景决定的。二是当时深圳刚刚改革开放，特区要招商引资，发展特区经济。其中，其一是发展工业是重中之重。没有工业，没有实体，没有实业，城市就发展不起来。其二是发展外贸进出口业。其三是发展其他商务经济。我们公司承担了两大职能，一个是工业发展服务职能，另一个是招商引资，促进特区经济发展的职能。我们当时在部队留下的二层营房，即红岭北路一号，所谓“两块牌子一套人马”的挂牌就挂在这个地方，相继成立的施工部、开发部、合同部、工程口、技术部、洽谈室等也都设在这里。从这里开始上步轻工业区和八卦岭工业区的开发。上步轻工业区开发时，在施工部挂起了“深圳市八卦岭工业区基建工程指挥部”的牌子，但总指挥部始终在八卦岭。董瑞同志作为第一任经理，于1982年3月就任，同年9月由尚志安同志接班，从此开始轰轰烈烈的工业区开发。以尚志安为代表的“拓荒牛”们为我们后来人留下了“敢闯敢干、艰苦创业”的精神财富。

20世纪80年代，
“工发公司”奖励给先
进集体的热水壶

20世纪80年代开
发八卦岭工业区时，
施工用的各种设备箱
（本页图片由作者根
据展览实物拍摄）

第二，从组织“重振女排雄风”活动，看公司的担当精神和企业文化。1981—1986年，中国女排获得五连冠，威震世界。但随后几年，女排成绩下滑。我们公司出于爱国热情和担当精神，策划了“重振女排雄风”的大型活动，通过社会呼吁和捐助活动，鼓励和支持中国女排重振雄风。这个策划得到了深圳市政府、深圳市体委、国家体委、国家排球司等高度认同和支持。整个活动的策划和推进过程，我曾作为具体推进活动的工作人员全程参与。我们到北京，将除了有特殊情况无法参与的郎平和孙晋芳外，所有中国女排老队员都请到了深圳，在我们公司的上林苑酒店接待。袁伟民同志出席了活动的开幕式。同时还组织了配套的大型文艺晚会，将全国包括很多港澳明星都请到了活动现场。这个活动在当时具有相当大的社会影响，也是我们公司成立以来组织的最大的一次社会活动。我们公司一向具有历史责任感和担当精神，这是我们的企业文化和企业精神，很值得继承发扬。

■ 张声荣（原“工发公司”职员，现任联城振兴酒楼董事长、党支部书记）：

我是“工发公司”早期的员工，是20世纪80年代初振兴酒楼的首任经理。几十年来，我见证了“工发公司”到鹏基集团的整个发展过程，尤其是从上步轻工业区振兴酒楼到八卦岭工业区八卦一路饮食业的发展历程。在我的心目中，当年的振兴酒楼，实际上是“工发公司”的“红船”，也可以说是“工发公司”的历史“圣地”。

1984年9月，市政府把“工发公司”作为推行厂长经理民主选举制度试点单位，投票选举工作就安排在当年上步轻工业区职工饭堂一楼（即现在的振兴酒楼）举行。当时尚志安同志就是在这里以148票高票出任经理的，“工发公司”新的领导班子也是在振兴酒楼产生的。作为振兴酒楼的首任经理，我当时常常看到尚志安由于工作太劳累而在接待客人的间歇睡着了。当时振兴酒楼设立了舞厅，作为工业区配套服务设施，但经常接待客人的尚志安同志，连一次舞厅都没有去过。这么多年来，每当我想起“工发公司”那段艰苦创业的日子，我就很激动，我深深为尚志安同志一心为公、艰苦奋斗的精神而感动。

有一天，何良秘书找到了我，说他要写《八卦岭》，要再现“工发公司”和尚志安他们当年艰苦创业的风采，我听了特别高兴。何秘书问我：这么多年过去了，你怎么还坚守“振兴酒楼”？是啊，这些年来，我其实也有很多机会扩张饮食业以外的行业，但是，我就是喜欢“振兴酒楼”，它就像我们部队的番号和旗帜，我愿意放弃其他方面的诱惑，保住这一“番号”，继续扛着这杆还有点20世纪80年代“工发公司”历史痕迹的旗帜。在我看来，“振兴酒楼”是“工发公司”的历史标志和象征，我只想通过酒楼这个平台，与几十年来的好友们保持最直接的联络，为大家加强联系和交流服务。所以，这么多年来，每当有“工发公司”的“老友记”们前来喝茶吃饭，我就像见到自己的亲人一样，感到特别亲切和高兴，也让我找回了二十世纪八九十年代“振兴酒楼”作为“工发公司”和鹏基总公司主要接待服务单位的那种感觉，更让我想起当年尚志安总经理带领我们开发工业区，艰苦创业，建设工业区的激情岁月。

■ 张美琴（原“工发公司”职员，曾任鹏基工业发展总公司工会女职工委员会副主任）：

当时的“工发公司”是在很艰难的环境和条件中，艰苦奋斗出来的。尚志安经理带领着我们夜以继日地奋斗在工地上，那个时候真的不知道哪里来的劲儿，大家团结一致，齐心协力，一心为了工作。尚经理什么时候都是带头加班，没有什么周末休息的概念。工会的工作制度也很健全，工会的学习和活动也很多，大家在一起心情很舒畅。后来的

高工严素文（左）与工会干部张美琴（右）交流过往工作经验

“老革命”彭球也是一个很好的书记，他很正派很风趣，很关心我们的工作和生活，在这些领导的手下工作，我们不但心情很愉快，而且学到很多好东西。那个时候的公司，就像一个小社区，有医疗室、理发室、职工饭堂等等，干什么事都十分方便，公司上下气氛相当好，公司的发展也相当不错。现在回顾过去那段工作经历和工作环境，觉得能来深圳，能在这样的公司工作过真的很幸运，我常常怀念那段时光。

■ 冯惠芬（原“工发公司”机要员）:

我是一个从“工发公司”到鹏基集团公司一直担任机要员的老员工。几十年来，我见证并参与了八卦岭工业区的开发、建设过程。每每想到“工发公司”20世纪80年代的历史，我就无比感慨。我十分敬佩尚志安同志当年敢闯敢干、艰苦创业、一心一意干事业，以及不计个人得失、关心员工生活疾苦的精神和作风。

当年的“工发公司”，在深圳经济特区的很多人心目中是有口皆碑的企业。特别是公司在环境不太景气，但经济核算尚有结余的情况下，尽公司所能，不惜贷款，一下子买下园岭新村的几栋楼，解决了职工的住房问题，同时也吸引了全国各地的人才竞相调入公司。这在当时的深圳经济特区是多大的新闻啊！所以，那个时候你如果说你是“工发公司”的员工，那是令人羡慕不已的！

■ 吴瑞雯（原“工发公司”科研人员）:

20世纪80年代初，我大学毕业分配到重庆某研究所工作，研究所的研究环境和条件比较优越，工作的专业也对口。第一次来深圳是看望我的男朋友。在上步轻工业区的工地上，我被当时经济特区那热火朝天的建设气氛和男朋友艰苦创业的精神深深感动了。于是当时就决定调来深圳特区工作。今天回忆起当年的这个调动决定，我觉得：在重庆的部属研究所，研究条件是相当好的，来到深圳后就基本没有可能再从事专业研究了，但我当时真的没有多想，说实话没有想到那些“高大上”的口号，只是觉得很喜欢深圳经济特区那种气氛，感到它也许更适合自己的发展和生活，于是就决定调过来了。来了以后，我才知道自己所在的单位“深圳市工业发展服务公司”，在深圳经济特区是很有名气的企业，你们不知道，当年做个“工发公司”的员工有多自豪……

■ 方容（原“工发公司”办公室资料室职员）：

1984年的一个周末，我经叔叔推荐，在同来深圳游玩的同事陪伴下，大胆地敲了尚志安经理的家门。记得是他夫人方阿姨开的门，只见屋里已有几个人在谈工作。方阿姨招呼我们在另一边坐下等候。她进进出出忙茶水去了。没过一会儿，门铃响了，又来了一批人……前面一拨儿便很快结束谈话，走了，后来的接上。当谈论正兴时，门铃再次响起，再次进来人……就这样，不断地有人来，不停地谈事，总是轮不到我们两个黄毛丫头，我们只好默默地等待着……直到最后，尚经理实际上都没有时间好好坐下来听我谈调入问题。不过，那一天，我可是目睹了尚经理两口子忙碌的“休息工作日”。这是当时深圳人周末的“休息工作日”给我的第一印象。

决定调来深圳时，我姑姑说：“你干什么都慢悠悠的，还敢去快节奏的深圳？”我说，那么多深圳人能做到的，我也能做到！调入深圳后的第二天，我走了半个小时，穿过了大片黄土工地，来到了八卦岭“工发公司”，映入眼帘的是几排部队式营房。当时接待者要我去面试，面试通过后，我被分配到总师室资料室。资料室负责人是工程师傅精华，一个从天津千辛万苦调回老家的广东人。傅工待人特别真诚热情。她向我介绍了公司的现状和未来的计划。看着几排书架，我想我该跟当图书管理员的姑姑学习管理图书了。

不久，因为公司内引外联，需要改变老旧的通信方式，派我学习电传、电报。我被调到了办公室，与总师室电脑室的孔庆时、吴莉芬两位高工在一起工作，目睹了他们上班不离开岗位，工作认真负责的精神。那个时候软件程序匮乏，懂六国语言的孔高工，自学编程，从上班到下班，几乎不喝水、不上厕所，埋头自编工程预算程序。他成了我最好的老师，凡有不懂的、困难的事，我都请教他，他都能帮我解决。我也曾经学习数据库语言，试着编小程序。我不知道自己的程序编得对不对，他给我的回答常常是："试一试"。"试一试"这三个字让我印象最深，也让我在日后敢于尝试许多没经历过的事，让我受用了一辈子。

■ 李平均（原基建工程兵某部队政治处干事、深圳市第一建筑公司保卫科干事，曾长期在深圳电视台任职，退休前任深圳市天威视讯股份有限公司工会主席、监事）：

我想讲讲我所在的基建工程兵部队英雄连队土方连完成八卦岭"三通一平"工程任务的故事。

1979年10月，部队先遣团2000多名官兵从辽宁鞍山南下深圳，土方连就是先遣团所属连队之一。我本人于1982年底随部队到深圳，部队安营扎寨于白沙岭的一片荒地上，工作和生活条件十分艰苦，住的是民工队搭建的竹棚营房，做饭用水和饮用水全靠水车运送，而刷牙、洗脸、洗衣服、冲凉，全部使用过去砖瓦窑残留土坑里的积水，晚上蚊子叮咬，白天苍蝇飞舞。我在白沙岭竹棚住了3个月，离开时床底下的青草已长到了床板高。1983年3月中旬，我被调入部队政治处担任保卫干事。根据工作需要，我几乎每天都要下连队收集了解情况。由于笋岗路在建，要去土方连，必须从部队机关所在地的红岭北路骑单车，途经红荔路、华强路，再转到笔架山下沿着山西侧的乡村土路向北，部队的汽车连、土方连在那里驻扎。

土方连是随先遣团进入深圳的，他们从1982年八九月份开始进入八卦岭，担负着整个片区的土石方转运工程，要求连队保质保量完成挖掘、回填、转运土石方工程等任务。指战员们在2年的奋战中，发扬了人民解放军"一不怕苦、二不怕死"敢打敢拼的战斗作风，充分展示了基建工程兵部队"特别能吃苦、特别能战斗、特别能奉献"的施工能力和战斗精神。

在当时恶劣的条件下，面对大大小小的山包，时间紧任务重，连队党支部和领导班子精心组织，分工负责到现场指挥，无论刮风下雨，全连总动员，实行“三班倒”，加班加点，争取多拉快跑，同时保证施工安全。当时我到连队调查了解情况，往往只能找到值班的连队干部，到了施工现场看到繁忙的施工状态，太阳暴晒之后车辆跑过时尘土飞扬，下雨过后又是泥浆飞溅，驾驶室没有空调，驾驶员只好光膀子、穿着大裤衩，在蒸笼里似的大汗淋漓，看到战士们的干劲，我十分感动和敬佩。

土方连经过近2年日夜不停的奋战，胜利完成八卦岭工业区将近90万立方米的土石方转运任务。我所在的基建工程兵土方连在八卦岭工业区的建设中立下了汗马功劳，受到了甲方单位和上级领导机关的表扬。

■ 魏达志（原赛格集团董事长马福元秘书，退休前任深圳大学教授）:

这么多年来，我都很关注八卦岭和鹏基集团。我关注八卦岭和鹏基集团是从1992年认识何良开始的。我与何良志趣相投，还有很多共同的爱好，我们都搞文学创作、经济学研究，而且都喜欢书法、摄影创作。我和何良30年前都在国有大型企业集团当领导秘书，我们所在的赛格集团和鹏基集团，在二十世纪八九十年代都是很优秀的国有大型企业，尤其是鹏基集团，当时在很多方面都是深圳市国有企业的标杆。加上我上班的地方本身就是鹏基集团前身开发的上步轻工业区，所以，我对八卦岭和鹏基集团有一种本能的亲近感。

1989年，我不幸患了双肾衰竭，当时还没有较好的医疗保障体系，我所在的赛格集团为我拨付了5万元的医疗费，我每周都乘车到广州做透析治疗，不到一年，5万元眼看就将用完。何良知道情况后，很为我焦急，他牵头协调鹏基集团总部团委和工会，带头发起为我捐钱救助献爱心活动，不几天就为我送来2万元的救命钱。当何良、戴礼刚、欧家耀和张美琴他们来看我的时候，我感动地哭了。

现在，30多年过去了，但是当时他们代表鹏基集体总部给我送救命钱的情景，我仍记忆犹新。那是沉甸甸的2万元，也是鼓励我与疾病作斗争，战胜疾病的精神力量。我突然想到，当初为我捐钱的朋友们，现在应该都差不多到退休的年龄了，我虽然不知道是哪些朋友，但是我永远记得他们是“鹏基人”，鹏基人给我的不只是2万元救命钱，而是鹏基的企业精神和鹏基人的社会情怀。所以，我十分感激鹏基集团，十分感激鹏基人的大义大德。

这么多年来，正是有你们和全社会的关怀和恩情，使我得以生存下来，让我懂得了生命之可贵、社会关怀之可贵，于是，恢复健康的我也十分勤奋工作，积极投身于改革开放大潮，尽自己微薄之力回报社会，做一些对社会、对深圳有用的工作。

■ 龙雄（深业鹏基南方集团公司团委书记）：

2021年6月29日，这一天让我永远铭记在心。我为之倾注全情、付出四年零一个月的“八卦岭城市展厅”，终于在这一天落成开放了。我是2011年通过公开招聘进的深业南方公司，进公司不到半年就时逢深业集团关于深业鹏基与深业南方两家公司合并的战略调整。宣布合并之后的第三天，我们一行人乘上鹏基公司的3辆大巴车来到了八卦二路的611栋鹏基大院，就在大巴车开出铁闸门的那一刻，我突然记起来：哦！原来坐公交车去罗湖东门的时候有一站公交报站就是“八卦岭到了”，那时就觉得这地名有点神秘，难道这里盛产“八卦”？记得公交站牌后面的那个叫“鹏基集团”的老旧大院，与我原先的办公楼无法比拟，于是心里突然莫名有种开错盲盒的失落感。

既来之，则安之。在鹏基公司611栋大院里，兜兜转转、进进出出，一转眼已走过了11年。对于八卦岭，我也从过去只知道公交站名到现在条条街巷都了如指掌。尤其是从2017年5月开始筹备八卦岭城市展厅，我对鹏基的历史开始了一点一滴的深入了解。

2021年下半年有幸参与了何良先生的“八卦岭之春”摄影展的筹备过程，看到八卦岭和鹏基集团过去一幅幅珍贵的历史照片，我才真正意识到这是一家与深圳这座城市共成长的公司，它就像一个人一样，有着让人引以自豪的光辉岁月，也有着起伏跌宕和曲折成长的过往。不久前，又应邀参加何良先生文学作品《八卦岭》创作的采访和茶叙座谈会，从“工发公司”许多老前辈们那里了解了不少公司的历史，让我对公司增强了自豪感和归属感。

记住历史是为了更好地走向明天、创造未来。作为一个鹏基新人，一个轻抚过其历史的新鹏基南方人，我深为公司历代“拓荒牛”们“敢闯敢试、敢为人先、埋头苦干”的精神而感动，为八卦岭几十年来为深圳这座城市的建设与发展增光添彩而感到无限荣光，更为自己作为一个新鹏基人而感到无比骄傲和自豪。

■ 魏玉明（著名摄影家、深圳市摄影家协会副主席）：

26岁那年，我的作品《浴》荣获第20届全国摄影艺术展银奖（金奖空缺）。这是我获得的第一个国家级大奖作品，我至今难忘这个作品在八卦岭新星图片社冲印的情景。

当年的八卦岭，不论是印刷业还是图书批发业，在深圳乃至全国都颇负盛名。八卦岭是我最喜欢去的地方。那些年我在宝安区当老师，平时进行艺术摄影创作，而每次冲洗作品，我都坚持一定要到几十公里外的深圳市八卦岭工业区，只有那里的冲印技术最让我满意。

当年的新星图片社，拥有当时最先进的影像冲印技术，而且老板的影像理念、经营理念也十分超前。因此每逢要参加国家级大赛，我最相信八卦岭的冲印技术。记得那年参赛的作品《浴》是一张黑白照片，如果用传统工艺冲洗，它的对比度会不够强烈，其背后的纹理也没那么清晰，而新星图片社可以通过新机器新技术进行负片扫描、电脑后期制作，作品色彩对比强烈生动、效果好。作品《浴》首次参评第20届“国展”获商业艺术类银奖之后，我便一发不可收，从第20届至26届连续七届获全国摄影艺术展览大奖。那些年，我不断获得国内外各类赛事大奖，包括中国十大杰出时尚摄影师称号、文化部个人摄影艺术最高成就奖金路奖（提名）、第11届广东省文联“新世纪之星”称号、“广东摄影50年”摄影贡献奖（创作奖）等等。而这些获奖作品都是在八卦岭的新星图片社冲印的。

说起八卦岭工业区，那是我在20世纪90年代的偏爱，每次辗转几十公里路程，就是为了到八卦岭545栋的新星图片社冲洗作品和到512栋的图书批发市场去选书买书，每次都是收获满满。八卦岭承载和成就了我的艺术梦想，是我很怀念的地方。

■ 史光耀［景行文化传媒（深圳）有限公司经理，摄影师］：

2005年秋天，我大学毕业后来到深圳，在八卦岭应聘了第一份工作，是在536栋的一家影视公司上班，在那个公司一干就是8年。我来的时候，八卦岭工业区的打工者数量已经不多了，据说20世纪90年代就有8万～10万人。前些年在八卦岭街上行走，常常会看到一群穿着蓝衣服的“打工仔”“打工妹”成群结队地走在街道上。最近这几年好像悄悄地不见了，很多印刷厂也搬家了，图书批发市场也没有了当年的热闹。当然，这并不是说八卦岭萧条了，八卦岭只不过是在转型升级而已，八卦岭已经悄悄地开始华丽转身。

那天听说上林苑酒店要拆了，我马上停下手头的工作，赶到现场，把改造前的上林苑酒店拍摄了下来。我常常会想起那8年在八卦岭工作和生活的日子，很怀念八卦岭，很想念那些一起打工的兄弟们。我在八卦岭工作了8年，然后又离开了八卦岭8年，当我准备创办自己的公司的时候，我还是再一次回到八卦岭来。

有朋友好心提醒我：现在的八卦岭工业区正在转型，房价正在飙升，房租也在不断提价，你在这个时候杀入八卦岭？不合适！你即使在这个时候成立公司，也不应该回到八卦岭来……

我这个人恋旧，我不这样想，八卦岭那8年给了我很多东西，每次想起八卦岭，我就很怀念和感慨，因为在我刚来深圳的时候，是当年的八卦岭收留了我，并教给了我很多待人处事的道理。每次回到八卦岭，我就有激情，我就能找回青春的记忆和艺术的梦想，而今天我要创办公司，我就毫不犹疑地选择回到八卦岭来，我要通过八卦岭这个平台，实现我的初心、我的梦想。

传奇的八卦岭**工业区**的诞生，不是凭空**想象的**所谓『神话』，而是一大批早期的**拓荒者**敢想敢干、艰苦奋斗、脚踏实地**干出来**的。

第二章

沸腾了，八卦岭的春天

省城记者首访八卦岭

20世纪80年代末的一天晚上，我和几位来自广东省新闻媒体界的朋友相聚在八卦岭八卦一路的一家露天海鲜店。同道好友出差采访特区，一天劳顿过后，相聚八卦岭，喝酒，漫无边际地闲聊。

那天，我一整天就耗在八卦岭工业区，八卦岭的采访让我很激动。到八卦岭喝酒，是我的主意。大家从蛇口、盐田中英街、宝安新安、龙岗赶过来，由于交通不便折腾了几个小时，待凑齐了人便已七点多了，那天晚上是大家迁就了我。整个饭局是由曾经在八卦岭工作过的老韩张罗的，他已是市政府某部门的副处长，预约餐厅、订位子、点菜等琐事，对于他来说是驾轻就熟。酒杯已盛满了“九江双蒸”，老韩提议我说几句，我于是很随意地问大家：“你们知道八卦岭这地方什么最新鲜最出名？”

“八卦！”有人抢答。

有的说是8万多名打工妹，有的说这个工业区曾有个新闻人物叫尚志安，也有的说八卦岭的印刷行业全国驰名，一位兄弟说：“咳！我说八卦岭啊，这条美食街的海鲜最厉害……”

“没出息！”老韩推了推那兄弟。

我翘起嘴巴卖卖关子，歇了几秒才往下说：今天我采访了八卦岭工业区的新闻人物尚志安，从他和他的八卦岭工业区的采访中，我了解到深圳经济特区有很多我们意料不到的新鲜事。我还从采访中得知，最新发布的深圳建设信息图显示，我们现在所在的八卦岭工业区是深圳市区

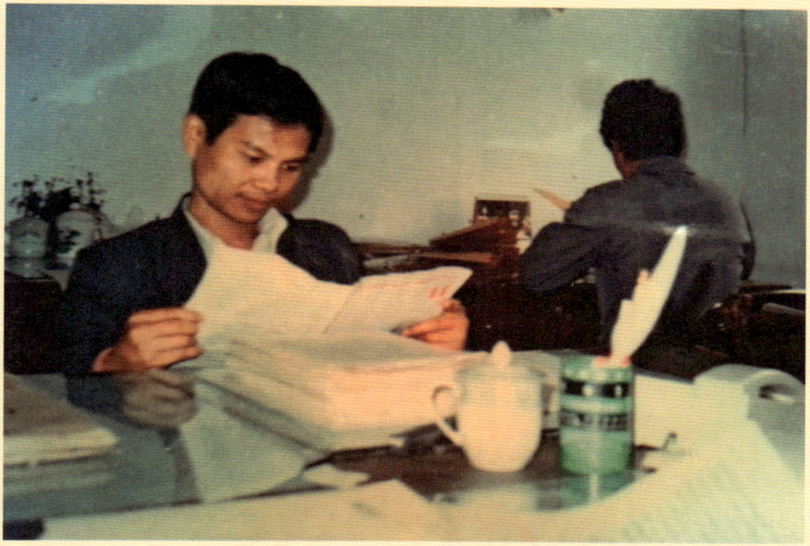

1985年，本书作者以广东省经委企协记者的身份，到访深圳经济特区八卦岭工业区并采访尚志安先生。图为采访间隙（方小文 摄）

开发面积最大、园区规划最好、环境绿化最优美的工业区，如果从高空俯瞰深圳市区中心开发地带，可以看到八卦岭工业区翠绿成荫的大街小巷和规划有致的现代化厂房，还可以看到漂亮的红岭北路一号——深圳市鹏基工业发展总公司（**原深圳市工业发展服务公司**）的办公大院、凉亭和人工湖……

那天晚上，我们几位来深采访特区拓荒人物的省城记者与在深圳打拼的朋友老韩他们一起，在灯红酒绿的八卦岭工业区八卦一路美食街，谈笑风生话见闻，“九江米酒”论英雄，直至深夜……

1985年，红岭北路一号的“深圳市工业发展服务公司”办公大院一角的凉亭（深业鹏基南方集团　供图）

时隔30多年了，当年朋友们相聚八卦岭工业区畅饮海聊的情景，常常在不经意间闪入我的脑海……

想起八卦岭，20世纪80年代的激情岁月、青春传奇便涌上心头，弥漫在眼前。尽管80年代很短暂，甚至还有些小曲折，却是“文革”后第一次的国门打开、全面改革开放，第一次从政治、经济、文化、社会等诸领域进行理性的文化反思，第一次在经济领域各行业推进经济体制改革，焕发出空前的生机活力，回忆起来至今仍然让人激情荡漾。那些年，八卦岭乃至深圳经济特区，正是作为中国改革开放的前沿阵地和试验区，进行着前所未有的改革开放尝试和探索。而我们，不但是这段辉煌历史的见证者，更是参与者、亲历者。

这么多年来，八卦岭，实际上已成为我的乡愁和“城愁”。

每次想起八卦岭，我就难忘1985年第一次采访八卦岭工业区开发第一代“拓荒牛”们的情景，难忘自己后来投身于深圳经济特区建设的初衷，更忘不了那几年初到深圳、工作和生活在八卦岭的艰苦岁月和青春时光。

这么多年过去了，每隔一段时间我就特别挂念八卦岭，我就要回八卦岭走走。闻一闻美食街那来自全国各地的百家店飘出来的佳肴美味的香味，摸一摸与八卦岭一起成长的大叶榕、小叶榕、木麻黄，看一看那栋闻名全国的书刊批发市场，逛一逛那条很不起眼但充满生活气息的商业街，有时候走到了商业街西北边那工业区某栋厂房或宿舍楼下，我甚至还会下意识地停下来，不由自主地凝望那斑驳苍凉的多层楼梯，似乎在等待电子厂或印刷厂放工的时刻……

那个时刻的情景，是现在的人们都无法想象的一道美丽景观。几层的楼梯会有成千上万青工密密麻麻地依次下楼，犹如潮水一般顺势而下，这是青工们最快乐的时刻，他们忘记了紧张、劳累和疲惫，在这个时刻，在这楼道里完全地放松了，整个楼道都洋溢着青春气息和欢声笑语……青工们下班后，三五成群地走进商业街，捧着塑料饭盒边吃边说笑，有的甚至连几毛钱的塑料盒都舍不得买，而是用一个塑料袋装着饭菜，连筷子也不用，边走边说笑、边说笑边将塑料袋里的饭菜往嘴里送……

每想起当年在街边的那些情景，我内心就发酸，眼眶就会湿润……

“那个时候的深圳，艰难啊”

1979年7月15日，中共中央、国务院批转广东省委、福建省委关于对外经济活动实行特殊政策和灵活措施的两个报告，同意在深圳、珠海、汕头和厦门试办出口特区。1980年5月16日，中共中央、国务院批转《广东、福建两省会议纪要》，正式将“出口特区”改称为“经济特区”。1980年下半年，深圳、珠海、汕头、厦门四个经济特区相继开发建设。以创办经济特区为标志，中国的对外开放迈出了重要步伐。

深圳这个边陲小镇一夜之间举世瞩目。随着蛇口那一声开山炮响，中国从此拉开了改革开放的序幕。沉寂百年的罗湖桥，悄悄地热闹了起来，先是一些港澳同胞、华人华侨衣锦还乡，接着便是更多的港澳台商、侨商满怀梦想回乡回国，投资办厂……

然而，当年的深圳，实际上还是那个贫穷落后、只有约2万人口的老宝安，一方面是一下子迎来了打开国门、八面来风的发展机遇，另一方面又面临着如何在百废待兴中适应全面开放的形势、迎接严峻的考验和挑战。

“20世纪80年代初期，刚刚建立的深圳经济特区，每迈一步都是十分艰难的。在当时，要在人才、资金、物质都十分匮乏的深圳全面实施改革开放，谈何容易啊?!更何况当时无论是政界还是理论界，对于在深圳搞经济特区、打开国门改革开放，还有不同看法甚至争论呢！”2007年6月的一天，深圳市委老领导刘波同志，操着浓重的客家口音普通话，接受我的采访。[1]

其实，在深圳经济特区刚刚成立和改革开放的1982年前后，出现一些“假招商引资”、走私、腐败、贿赂、经济犯罪等现象，致使北京乃至全国上纲上线批评深圳经济特区的呼声日盛，社会各界对深圳经济特区改革开放的前景表示担忧，对特区究竟“姓社还是姓资”表示怀疑……但中央对建立经济特区的决策不变，指示一定要办好。[2]

刘波同志说：“记得1982年，为了考察了解、指导协调深圳经济特区改革开放，中央派了时任中纪委常委刘一宁同志带领中央有关部委同志一百多人的特区工作考察小组考察深圳。刘宁一同志是一个很有创新意识和文人气质的领导，他不但调查深圳经济特区改革开放过程中的一些问题，还十分关心深圳经济特区经济改革开放的前途，他认为特区在经济发展的同时，还要发挥经济和文化对香港甚至国外的影响和辐射作用……中央对深圳经济特区的定位十分明确，就是要作为中国改革开放的前沿阵地和试验区，当好改革的排头兵和开放的窗口，要闯出经验来传播和辐射全国，引领全国改革开放之先河，尤其是要开展外引内联，发挥两个扇面的辐射作用，促进经济快速发展……”[3]

刘老说着说着，神情显得沉重起来，“那个时候，国家也很穷啊。

1. 1981年10月15日，广东省委文件《关于任命中共深圳市经济特区委员会、广东省深圳市经济特区人民政府班子成员的通知》：任命中共深圳市经济特区委员会常务委员会由梁湘、周鼎、周溪舞、方苞、罗昌仁、刘波、林江等7位同志组成。其中，时任广东省委组织部副部长的刘波同志，奉命调入深圳经济特区任市委常委、市委纪检委书记。引自深圳市史志办公室. 深圳改革开放纪事：1978—2009［M］. 深圳：海天出版社，2009.

2. 广东和福建的试验：1979—1984［M］//傅高义. 邓小平时代. 北京：生活·读书·新知三联书店，2013：409.

3. 三十华诞访刘波［M］//何良. 来自南半岛的阳光. 广州：岭南美术出版社，2017：282.

深圳市委老领导刘波（左）与作者合影

办经济特区国家缺乏建设资金，只给政策不给钱啊。当时的国门是打开了，罗湖桥也涌来了八方客商，他们都有强烈的投资欲望，但深圳经济特区缺人才、缺钱啊，我们连基本的投资环境和生活条件都缺乏啊！市委、市政府反复研究特区面临的困难，时任市委书记的梁湘同志痛下决心，一定要做好两件事：一是不拘一格广招人才，要争取全国各地各部门各行业对深圳经济特区建设的支援和支持；二是要千方百计加快开发工业区，改善投资环境，筑巢引凤招商引资，促进经济特区经济的发展。”

说完这段话，刘老的目光缓缓地移向远方，长长地叹了一口气：“那个时候的深圳，一穷二白，艰难啊”……当老领导刘波同志得知我曾经在八卦岭工业区工作时，他风趣地说，八卦岭啊，那是一个当时让人们感觉近在眼前远在天边的神秘地方，当年我们老书记梁湘同志要去看看开发中的八卦岭工业区，我们就打趣道：“书记您这是要去‘西伯利亚’啊……”

两个“金招牌”，立下军令状

1982年5月，深圳经济特区向全国广招人才的消息吸引了一个叫“尚志安”的人。尚志安，是一个陕西籍老革命的后代，他决定离开广州，只身奔赴红尘滚滚、热火朝天的深圳经济特区。

在广州生活和奋斗了20多年的尚志安，本来已拥有优越的生活环境和称心如意的工作岗位，妻子、儿女一家人在广州过着美满温馨的生活。尚志安当时已是广州市第二机械厂的领导，广州市工交系统提出领导干部年轻化、知识化的20世纪80年代初，他工作出色，又勤奋好学，在工交系统的年轻领导干部中已崭露头角，仕途可谓一帆风顺，前程无量。不甘过安稳平庸生活的他，常常被深圳经济特区的改革开放之风吸引，每当在电视上听到和看到深圳经济特区打开国门、改革开放的新闻，他就按捺不住内心的激动。他一直想离开父亲的视线，尝尝独自闯荡、成就事业的滋味儿。经过一番苦口婆心，他说服了妻子，但妻子发话：要去你一个人去……

那是1982年仲夏的一天，尚志安经过大半天的折腾，到达深圳已近傍晚。让他有点小失望的是，深圳几乎不见什么像样的街市和道路，只听到远近工地上传来疲惫的推土机声和闷雷般的打桩机声，通信和交通都十分不便。

初到深圳，好不容易联系上他调动的新单位“深圳市机械汽车配件公司”，见过即将拍档的领导，寒暄几句然后在一个叫作“招待所”的工房安顿了下来，草草吃了盒泡面，疲惫袭来……那天晚上的他忧心忡忡，辗转反侧，怎么也睡不着，白天一路的所见所闻，深圳工作环境的艰苦可能超乎自己的想象，不知道明天等待自己的将是怎样动荡的工作和生活。

时间过得飞快。作为几个人的公司副经理，尚志安整天无所事事，说是熟悉环境、适应节奏，他却没感觉到报纸上说的“特区速度”和建设气氛。大概半个月过去了，可他似乎度过了半个世纪。

同年，深圳市委、市政府为了进一步推进改革开放，急需开发工业区、开展招商引资工作，决定成立一个专司工业区开发与服务、拥有部分政府职能的工业发展服务公司。1982年2月2日，深圳市编委下发了《关于成立深圳市工业发展服务公司的通知》，明确了“公司的主要业务是开展外引内联，协助工交部门，扩大业务，发展地方工业”。公司定编为“县级待遇企业单位，定员20名”。第一个接到任命书的是老干部董瑞同志，中共深圳市委组织部于1982年3月20日下发了深组干〔1982〕38号文件，任命董瑞同志为深圳市工业发展服务公司经理。办公地点暂设在市委大院前楼西侧一间宽敞的办公室里。

1982年8月14日，尚志安接到了市委领导接见的通知，他拟调任深圳市工业发展服务公司副经理。当他到任公司副经理的岗位时，公司“开荒牛”董瑞率其几个部下已经在园岭的小山头驻扎了好几个月。同年9月3日，为了配套开发八卦岭工业区（包括上步轻工业区），深圳市政府办公厅又下发了深府〔1982〕375号文件，专门成立了“深圳市八卦岭工业区基建工程指挥部”，文件任命时任市政府副秘书长的李馨亭同志兼任指挥部总指挥，市建设公司副经理胡梅英同志和董瑞、尚志安同志任指挥部副总指挥。指挥部的主要职责是“负责八卦岭工业区（包括上步轻工业区）开发的组织领导工作”，配合全市的改革开放工作，开发工业区、招商引资。

40年后的今天，我们才从深圳市工业区发展史上惊讶地发现：当年

尚志安（右）在工厂（尚敏智　供图）

的“深圳市八卦岭工业区基建工程指挥部”，可不是一个一般的招牌，那是深圳建市以来由市委、市政府成立的唯一一个深圳市“全资”开发工业区的指挥部，这个指挥部连同“深圳市工业发展服务公司”的招牌，“两个招牌一套人马”，对深圳市工业区开发具有一定的行政管理与服务职能。

尚志安受命于市委、市政府急需管理人才之时，到任不到半个月，公司经理董瑞同志又被调任新成立的石化公司领导，董瑞即将履新的这一天，尚志安突然感到自己肩上的担子不轻啊，这才让他回过神来慢慢回味那天市领导找他谈话的具体情景……

作为国家干部的尚志安，虽并非受命于企业危难之时，但也算是受命于国家困难、企业艰难之际。这一天，有点书卷气的尚志安，虽说只是一个小公司的副经理，但给他下“委任状”并令他当面立下“军令状”的却是市里的“大人物”。深圳市委副书记、常务副市长周鼎同志在谈话中一再明确市委、市政府成立“深圳市工业发展服务公司”的宗旨和目的、公司开发工业区和某些行政管理与服务职能，以及公司与指挥部两个招牌一套人马等建制问题，要求尚志安立军令状、自寻出路、找米下锅，加快开发工业区。市委书记、市长梁湘同志接见尚志安，严肃且风趣地嘱咐：给你两片荒山，给你两块“金招牌”，给你优惠政策，再给你1万元开办费，你大胆去干去闯，你得尽快交给我两个现代化标准的工业区……

老领导一席话，语重心长，既是嘱托，又是下军令状。有点书生激情和浪漫情怀的尚志安，在回味老领导们急切的嘱咐中领会到了，建设中的深圳经济特区，十分急需工业区筑巢引凤招商引资，也真切感受到自己身上的担子究竟有多重……

在20世纪80年代初，虽然全国已经掀起了改革开放的热潮，但几十年以来，我国长期受高度集中的计划经济体制影响和束缚，政企合一、政企不分等现象仍然十分严重，很多国有企业都具有一定的政府行政职能，代表政府行使某些行业企业管理职能。相比全国来说，当时的深圳市政府已经开始尝试“小政府、大社会”的改革思路，政府的适当“松绑放权”在当时的深圳已率先进行尝试和探索。深圳市工业发展服务公司成立，虽然一定程度上还存在着某些行业管理职能，但也是对企业松绑放权的一个尝试。

我在调查“深圳市工业发展服务公司”历史时，查阅了当年市政府对该公司划定的具体的“业务职能范围”，它明确规定：1. 接待客商，组织投资洽谈，办理合同批准手续；2. 为业经批准的工厂企业建厂和生产提供各种服务；3. 为保护外资企业合法权益提供服务；4. 经营工业生产所需要的生产资料和部分工业产品；5. 开发工业区及建标准厂房，出租或出售给厂家使用……

时间就是金钱，效率就是生命。刚来深圳时对特区还有点小失望的尚志安，此时连消极怠慢和畏难妥协的机会都没有了。等待着他的是以天数计算的工业区开发工程进度和招商引资计划。

从当时开发工业区的计划战略来说，重点目标是开发现代化样板工业区八卦岭，但由于特区建设急需“短平快”的轻工业区招商引资，便将开发上步轻工业区作为“试水”目标，希望短期内将其开发出来，以实现经济特区急需的轻工业项目的上马，同时积累开发与管理工业区的经验。

半个月以来，尚志安几乎每天只睡四五个小时，经过紧张的策划和筹措，公司确定并进军第一个目标：开发上步轻工业区。上步轻工业区，自东向西，贯穿红荔路至振兴路。按照规划目标，上步片区要在2年内开发建成占地0.12平方公里、建筑面积达20多万平方米的轻工业区。

那天上午，在上步片区泥泞的竹棚门前，尚志安面对几个干部和新招来的大学生，他一时感慨得说不出话来。就这几个人啊，土地不能贷款，银行对企业贷款开发工业区有顾虑，没有钱推土机也推不动，巧妇难为无米之炊啊……从上午到中午喝稀饭吃泡面，他反复地问自己：开发工业区，我尚志安和公司除了1万元开办费，还有什么是值钱的？他知道，要在这么艰难的条件下拿下工业区，首先他要有能够说服自己的理由，他不但需要铿锵的自信和满满的底气，还需要很多哗啦啦的真金白银。

尚志安，平生第一次为钱犯愁！

3年以后的1985年秋，当他在红岭北路一号八卦岭工业区的“工发公司”漂亮的办公大院，接待前来考察的广东省经委企协秘书长郑林书先生时，他才风趣地说：“那个时候，我没有退路，也从没曾想过要找退路！我突然间领悟了老领导给我的嘱咐意味深长，那种立军令状的嘱托不但是组织的信任，更是领导在艰难时刻的殷切期望。书记和市长的语重心长，何止是上步和八卦岭的荒山野岭？！何止是区区1万元开办费？！他们给我的是很多有待开采的富矿啊！

“我扪心自问：人、财、物，我有吗？天时地利人和，我有吗？

“有，有啊！我都有啊！我顿时茅塞顿开、豁然开朗。

“我突然想到：我有两座富矿有待开采！这两座富矿足以让我战胜困难，渡过难关，足以让我敢闯敢干，群策群力，开发很多工业区。”

性情中人的郑林书秘书长，在广东企业管理界是出了名的敢想敢干敢闯的创新者，他领导广东省企业管理协会，白手起家，从无到有，不出几年已经撑起了全省企业管理研究与实践的一片天地，已经成为广东省工交战线推行厂长经理负责制、深化企业管理体制改革和内部机制管理、推广现代化管理方法的重要推手。尚志安一路走来，也得到了他的密切关注和支持。今天，听了尚志安详细回顾开发上步轻工业区的艰难过程，他十分感动。

尚志安接着说：“老郑啊，我有很多故事，很想与你分享，就像我在广州，将工厂的新产品推荐分享给你一样。看你烦不烦，你烦我们就吃饭去。”

郑林书马上说：“不烦不烦！我今天来就是想听你1万元‘滚雪球’故事的，我也不相信1万元能滚出个工业区来！你最好老老实实跟我说说开发资金上‘空手套白狼’的故事……”郑林书一直很纳闷：你尚志安是有本事不假，但怎么有本事也不能变钱吧，你是怎样从没有贷款到少量贷款，再到不需要贷款，从而开发工业区的？！

尚志安在工作中（尚敏智　供图）

尚志安哈哈哈爽朗大笑，然后说起他拥有的两座“富矿”，风趣而认真。

尚志安说的第一座富矿是精神富矿。他认为他本人及其团队敢想敢干敢闯的精神自信和创业激情，足以让精神富矿创造出物质财富。他说他的几个伙伴，包括几个大学生在内，他们个个都是放弃了优越的工作生活环境，满怀激情投身特区建设事业的，都是来闯特区的！他们与他一样都没有退路，压根儿也没想到要找退路，大有点“破釜沉舟”之气概。应该说，20世纪80年代早期来深圳的绝大部分人，大多都满怀激情，都有敢闯敢干的勇气和精神，他们有些是放弃铁饭碗、铁交椅、铁

尚志安（身着蓝衣者）在分析工业区开发情况（卢健民　供图）

工资，自断回头路，辞职闯深圳的，大有英雄断臂、死而后生的胆魄和气概。

尚志安说，在广州时，他有安逸的生活和待遇很好的工作甚至“前程”，那个时候想干事不愁钱，但就是缺乏现在这股创业的干劲儿和激情，而现在是有了干劲儿和激情却没有钱干事儿。这可不是一般的挑战啊。国家要实行改革开放、发展经济，要建设经济特区，但是又缺乏建设资金，银行有钱但不敢轻易贷给企业，即使市长出面，银行也只是打哈哈应付了事。但是，正因为国家困难，我们才更需要改革开放，更需要开发工业区招商引资，建设经济特区。我们深圳人就是要闯出一条中国特区之路来！只有通过敢闯敢干，才能把精神富矿转化为物质财富，这就是尚志安的精神富矿之说。

尚志安的第二座富矿是资源富矿。他经过认真捋顺自己的各种资源，觉得天时地利人和，样样具备。他这么说有点“傻大胆”，或者有点狂妄，但是，他还真的紧紧把握了当时的天时地利人和，充分利用政府给予的优惠政策和他自己的人脉资源，巧妙地将资源富矿转化为物质财富。这就是他著名的资源富矿之说。

听了尚志安的一番故事，郑林书在回广州的路上十分感慨地对我说：“尚志安的创业故事，终有一天会载入深圳经济特区开发工业区的史册。他是一个爱读书、勤思考、干事雷厉风行的人，他的品格中，既有他父辈勤劳勇敢、不怕困难的顽强意志，又有几十年来在基层工作养成的沉着干练、脚踏实地的稳健坚韧精神，当然还有那么一点点看准了的事情就是九头牛也拉不回的犟劲儿，这点犟劲儿偶尔还伴随着一点小急躁，个性嘛！人啊，有时候就是要争这么一口气，坚持了，可能就是人生的赢家了……”

当时的我，社会阅历短浅，实践经验不足，又是第一次见到尚志安，对老郑的感慨只是懵懵懂懂，无法真正理解。现在回想起来，真是字字珠玑，句句铿锵。它一点一滴都注入了心头，使我豁然开朗。

事实证明，在接下来的工业区开发建设中，尚志安凭一种责任心和使命感，凭着一种朴实的工作激情，十分充分准确地利用了他的“两座富矿”，为他开发上步轻工业区和八卦岭工业区乃至莲塘工业区提供了坚实的精神支撑和物质保障。

在深圳市工业区开发历史上，必将有这么不可漏写的一页：在20世纪80年代深圳经济特区改革开放初期，深圳市八卦岭工业区工程基建指挥部总指挥尚志安，奉政府之命开发工业区。他带领七八个人，住竹棚、喝稀饭、吃泡面，在只有1万元开办费的情况下，通过多方筹措资金建设工业厂房，并采取“边盖边卖，边卖边盖”等“滚雪球”的方式，解决开发资金不足和加快工业区开发进度等问题，硬是把荒山野岭建成符合现代化示范厂房标准的示范工业区。

1万元滚雪球“试水”成功

早在深圳经济特区成立之初，深圳市委、市政府就已经根据中央关于建立深圳经济特区等有关精神，制定了《深圳经济特区社会经济发展规划》，确定了“规划一片，开发一片，收益一片”的初步建设方针。到1983年底，市委、市政府为了进一步优化投资环境，加大改革开放力度，对全市的投资环境进行摸底，并有针对性地对规划和开发的区域进行基础设施建设。当时主要重点是抓罗湖、上步二区共24平方公里的基础设施建设，具体的工作就是“七通一平”（即通路、供水、供电、通信、排水、排污、供气和平整土地。准确地说，当时只不过是“三通一平”，即通水、通电、通路、平整土地）。当时市区内新建和扩建的55条道路，共长84公里。深圳整个市政建设，尤其是市内海、陆、空等交通枢纽和网络布局都是围绕市政建设发展规划具体分解建设和实施的。

1983年，全市已经开发了五个工业区：蛇口工业区、上步轻工业区、沙河工业区已初具规模，八卦岭工业区和水贝工业区正在大规模建设中。在全市开发的五个工业区中，尚志安带领开发的工业区就占了两个。其中，上步轻工业区，于1982年11月开始地面工程施工，1984年底全面落成，仅耗时2年。而在上步轻工业区总体工程基本落定时，尚志安就迫不及待地投入八卦岭工业区的开发中。实际上，自1982年9月14日八卦岭工业区破土开发开始，尚志安已经是同时兼顾两个工业区的开发。

上步轻工业区开发之初，由于“工发公司”一穷二白的背景和捉襟见肘的家底，加上既没有经济实体也还没有树立起企业信誉，当时即使

1984年9月3日，庆祝深圳市工业区基建工程指挥部成立二周年大会（尚敏智　供图）

市长梁湘出面担保贷款，银行也只是碍于面子左右为难，最终还是要协调市财政局出面。根据市长的指示，并提供公司已经签约的几家办厂协议，终于取得了银行的第一笔贷款的前期款50万元。然而，当时上步轻工业区开发中，仅仅是第一批5栋厂房计划需要的开发资金就得1000多万元，50万元只不过杯水车薪。那几个月里的尚志安，还是整天为钱犯愁。

为了工业区开发，书卷气很浓同时又是干部子弟出身的他，已顾不上脸面了。他几乎使出浑身解数，对市领导、对银行、对企业，甚至对朋友，他到处开口借钱。经过他苦口婆心，屈尊求助，几经周折，疏通关系，陆续取得了银行贷款290万元。

1984年9月，在深圳市工业区基建工程指挥部成立2周年前后，尚志安他们仅仅用2年时间，就在上步建成了面积达0.2平方公里、建筑面积达20多万平方米的上步轻工业区，并完成了0.13平方公里上步轻工业区东区的土地平整工程。上步轻工业区的厂房基本建好并投入招商时，厂房销售和招商引资却很不顺利。尚志安很清楚，不断的连续性的贷款的背后，若不是利滚利，就是债滚债。若今天建好的厂房不能及时卖出去，那么不但资金无法回笼，企业承担着沉重的银行贷款和利息，还会对接下来项目的推进产生连锁反应。

正当尚志安为企业的生存与发展犯愁之时，市政府决定在部分国有企业中推行厂长经理民主选举制度试点工作，“工发公司”的经理及其班子选举工作被列入市里工作试点，投票选举工作在刚刚建成的上步轻工业区职工饭堂一楼举行，当时职工代表大会选举的有效总票数为184票，尚志安同志得票148票，高票通过。通过这次选举，公司也产生了“一正二副”的领导班子，刘俊达和卢健民同志作为副经理，在之后的领导岗位上，支持和扶助尚志安同志工作，为工业区开发作出了贡献。因为市里推行的厂长经理选举制度，是与市里全面铺开的国有企业体制深化改革工作协调展开的，其中的重要精神就是实行政企分开、放权让利、独立核算、自负盈亏的管理机制。工业区刚刚建好的厂房正愁着销售出去，现在市里又来个政企分开、自负盈亏，尚志安感觉到仅有的一点点招商引资的政府职能更加薄弱了，后路基本没有了，压力就更大了。

此时，工业区开发处于十分艰难的窘境！

为了从根本上解决资金问题，尚志安不屈不挠想了很多办法，最具突破性的办法就是“滚雪球”筹集资金、谋求发展。再利用银行少量贷款，暂且解决土地开发中一些急需资金问题。终于，第一批厂房可以开卖，但由于是第一次出售厂房，又担心卖不出去，为了能够尽快回笼资金，第一批厂房的销售倾向于低价出售，最低每平方米仅售450元左右。虽说公司暂时少收点钱，但第一次“试水”成功，厂房很快被抢购一空，顺利回收了一些资金，赢得了开发时间。尚志安第一次尝到了智慧的甜头。

正在这个时候，深圳市委、市政府进一步抓住开发工业区这一改革开放的关键环节，加大筑巢引凤、招商引资力度。梁湘市长还亲自跟银行说情救急，带头为工业区开发排忧解难，他要求利用媒体宣传为特区招商引资造舆论，使工业区的厂房销售开始出现热销局面。同时，在改革开放大环境方面，国家对深圳改革开放等方面的优惠政策也开始倾斜，使整个改革开放和经济形势出现了好转，尚志安终于得以稍稍地舒一口气。之后，随着工程建设的逐步推进，政府放宽了工业房地产买卖的有关政策，改善买卖方式，吸收了香港预售楼花等做法，公司通过“滚雪球”的方式不断增加再生产资金，在不同时期他们分别采用不同的预售方法，对预售用户实行优惠待遇，在不到半年时间里，筹集到四倍于银行初期的贷款，然后接着投入新工程。

在建设开发和招商引资过程中，尚志安多次率团考察学习香港的工业区厂房与房地产开发经验，并把这些经验形成考察报告提交市里主管部门制定决策参考，这次开发工业区，尚志安正是灵活借鉴香港“商品房预售”等开发模式，通过“先盖后卖”“边盖边卖”“先卖后盖”等预售方法，有效地拓宽了房地产融资渠道，促进了资金回笼和周转，解决了当时工业房地产资金紧缺和厂房紧缺等问题，进一步加快了工业区开发建设，这一“工业房地产预售制度”的创新性探索，应该是当时全国开发工业房地产的首创之一，也是尚志安敢想敢干敢闯的又一成功尝试。

随着资金链的顺畅运转，工程开发基本实现了预期进度。后来，又得益于政府政策主导作用，工业投资迅速增长，配套厂房的需求量也越来越大，工业区所建的厂房供不应求。边建边卖，边卖边建，雪球越滚越快。自此，不但从根本上摆脱了资金不足的困境，还逐年减少了银行贷款，出现开发区域经济效益逐年大幅度增长局面。

当上步轻工业区开发走上正轨，尚志安就马上着手另一个工业区的规划和开发，随即按照“规划一片，开发一片，收益一片”的开发方针，对成片开发的工业区，他们实现了工业厂房的“统一征地、统一规划、统一施工、统一销售、统一管理”，从而解决了资金分散、建设速度慢、经济效益低等问题。

其实，深圳经济特区关于“工业地产预售”的尝试，得益于香港地产业发展的启示。在大面积开发工业区的过程中，国家缺乏资金投入，当时的国家银行贷款由于体制和机制等原因，贷款给企业开发工业区面临批准程序问题，困难重重。当深圳经济特区开放地吸取了香港地产界的“商品房预售”等开发模式，轰轰烈烈地“边开发、边预售”工业地产时，深圳经济特区的有关法规性文件还没出台。当然，这才是“敢闯敢干、先行先试”的精髓。

大约整整过去了10个年头，也就是1993年7月24日，深圳市第一届人民代表大会常务委员会第十七次会议通过了《深圳经济特区房地产转让条例》，该条例对房地产预售问题做了专门的规定。同年11月，广东省有关主管部门颁布了《广东省房地产开发经营条例》。再后来，建设部根据《中华人民共和国城市房地产管理法》《城市房地产开发经营管理条例》制定的对于城市开发的商品房预售时的管理规定，于1994年11月1日通过并颁布了《城市商品房预售管理办法》，1995年11月1日起实施。这就从立法和制度上对商品房预售制度予以法律确认，同时也肯定和确认了深圳的成功尝试和经验。实践证明，房地产预售制度的推行，有效地拓宽了房地产开发企业的融资渠道，降低了房地产开发业的融资成本，同时还加快了房地产的销售，促进了房地产市场的成熟、成长和发展。这是一个很成功的尝试。而深圳市作为国内最早探索商品房预售制度的先行城市，开创了住宅地产和工业地产开发的先河，为全国全面推行这一制度作了有益的探索，并提供了宝贵的经验。

尚志安“1万元滚雪球”的“传说”，我早有所闻。虽说由于工作关系，我常常到深圳采访或处理报刊印刷业务，但每次都是匆匆忙忙，一直没有机会专题采访在广东省企协“挂了号”的新闻人物尚志安。当我带着“1万元滚雪球，滚出两个工业区”的采访专题，从广州专程来深圳特区采访尚志安时，时间已经是1985年秋天了。

1985年9月，在深圳市工业发展服务公司召开“工业区开发三周年纪念大会”的时候，广东省经委企协副会长郑林书同志带着我来到八卦岭工业区，我首次认识尚志安，并通过他知道了很多在他身边的鲜为人知的故事。

那天，记得我接过茶杯，冲口就问：“请您跟我们说说1万元怎么‘滚雪球’滚出工业区来？”尚志安冲着青涩单纯的我哈哈大笑，说：“你还算明白些，还有人问我‘你是怎么冲进市长办公室要了两块地的？’”他接着说，“滚什么雪球啊，那1万元我拿去搭竹棚和买自行车了，哈哈哈……”

1982年9月，在上步轻工业区开发之初，“深圳市工业区基建工程指挥部”的临时牌子，一开始连挂的地方都没有，深圳市工业发展服务公司也刚刚成立，董瑞、尚志安他们将市政府拨给的1万元，拿去搭建了100多平方米的竹棚，作为临时办公室和宿舍，指挥部的牌子后来就挂在嘉年印刷厂北面的围墙旁边。那么个竹棚，夏天闷热潮湿、冬天寒风刺骨，办公条件十分简陋。然后再购置了3辆自行车作为“公车”，两个在建的工业区都没有现成的自行车路，去工地上班路上，遇到下雨路面泥泞，还得扛着自行车爬坡。指挥部办公室2年多都没有电话，吃饭没有食堂，更没有自来水，大家只好到嘉年印刷厂搭食，后来才自己想办法挖了一口井烧水做饭。

当时在“工发公司”后勤部工作的卢健民回忆：尽管当时相当艰苦，尤其是施工部、开发部和工程技术部的同志们，长期战斗在开发施工的第一线，顶烈日、冒风雨，抢时间、赶进度，常年加班加点，但是他们不断地克服种种困难，硬是在最短的时间内拿出轻工业区框架模样，为下一步顺利贷款、扩建工程赢得了声誉，争取了时间和效益。

所谓“滚雪球”，那是以后人们的各种“传说”了。当然，拿着1万元开工，后来开发工业区利用极少量的资金回收，滚雪球式地筹措开发资金，滚雪球式地售厂房回笼资金，滚雪球式地成片开发工业区，滚雪球式地低投资、高速度发展经济。尚志安大胆“试水”滚雪球，闯出了一条开发工业区的新路子。

筑巢八卦岭，引来“金凤凰”

1

在上步轻工业区开发走上正轨的1983年上半年，尚志安大规模开发八卦岭之梦悄然酝酿……

在尚志安看来，开发八卦岭工业区，建设一个现代化工业园区，才是市领导的重要嘱托，更是尚志安梦想的创业主场。八卦岭的占地面积是上步轻工业区的近9倍，其地势坑洼、自然条件十分恶劣，开发所需要的资金和人力物力更是上步轻工业区所无法比拟的。然而，就在1983年底，当手头的资金稍微有一点点结余的时候，尚志安便迫不及待地提前进军八卦岭，硬是去啃八卦岭这块硬骨头。

关于八卦岭工业区开发的确切时间，严格来说，应该是从1982年9月14日八卦岭工业区动土开发仪式那天开始，大量的转业工程兵，就已经陆续打响了西南、西北部腹地的“七通一平”基础设施建设的战斗。

在八卦岭工业区整个开发过程中，深圳市工业发展服务公司虽然是真正的开发主体单位，但负责工业区基础设施建设的工程部队早已就位开始施工了，工程部队参与了八卦岭工业区开发之初的“三通一平”部分基础设施建设，转业后的工程部队，还以建筑工程公司的名义参与了“工发公司”开发建设的工业区的部分主体厂房工程的招标或招领工程建设，并在这前后发挥了十分重要的作用。

当时的八卦岭，环境是很恶劣的。1983年开发队伍刚进来的时候，很多地方还是小丘陵、泥泞的山路和坑坑洼洼的沟坑，通平工程难度很

1985年，尚志安在深圳市工业发展服务公司年度工作会议上讲话（深业鹏基南方集团 供图）

大，推进进度不甚理想。但是，尚志安是个处事风风火火、雷厉风行的人，短短不到2年时间，尚志安硬是把一片荒山野岭打造成全市现代化规划程度最高的工业区开发范本。

1985年9月3日，尚志安在深圳市工业发展服务公司开发工业区3周年纪念大会上，向新闻媒体发布了振奋人心的八卦岭开发建设的惊人业绩：“从1983年底开始，公司以近2年的时间开发建设了1.08平方公里的八卦岭工业区。（注：据深圳市史志办公室编著的《深圳改革开放纪事：1978—2009》记载，八卦岭工业区的面积为1.2平方公里。此数字与实际开发数字有出入，经多方考证无果。据很多老同志的说法：1.2平方公里可能包括了早期未开发的八卦岭四周四条大马路的占地面积）八卦岭工业区的开发，由于有上步轻工业区开发的经验和资金储备，在工业区开发的规划、技术和质量以及投资环境等方面，都有了很大的提高和改善，截至1985年9月，八卦岭工业区竣工面积达44万平方米，占总开工面积的45%……八卦岭工业区现有企业125个，总投资约为5亿元，其中，37家企业从1985年初就陆续投产……”

大工业区开发是一项复杂的系统工程，关系到百来栋厂房的通平工程、工程招投标、中标项目管理、工程施工进度、质量管控与验收、奖惩制度制订和优化等繁重而复杂的管理工作。“工发公司”在八卦岭工业区建设中，十分重视工业区建设的规划和档案建设。在我采访时任档案管理人员余翠英和机要员冯惠芬的过程中，我很惊讶的是，一个企业的业务档案和机要档案，居然能够管理得相当有条不紊和严整规范。从“工发公司”到鹏基集团全系统的档案资料，经她们分类整理和保管收藏，已经成为一个完整的历史资料宝库。

1993年前后，作为一个国有企业，鹏基工业发展总公司根据市里制定的《深圳经济特区城市建设档案管理规定》，密切配合市里的档案管理与保密工作要求，引进先进的档案管理系统对本公司全系统档案实现规范化管理，积极推进档案规范化管理，使鹏基工业发展总公司成为深圳市国有企业系统档案管理先行规划管理的先进单位。所以，八卦岭工业区上百栋楼的建设档案资料保存得十分完整，当然，其中也要感谢当年“工发公司”的工程师团队，是他们的职业操守和敬业精神才能保证工业区建设档案的完整收藏。

当年，根据市里开发工业区的有关规定，工程实行招标投标、项目承包、投资包干的办法，严格遵守各项规章制度和法律法规，从而保证按时按质和高速建设工业区。当然，限于当时的历史背景，所谓“招标投标”也仅是一种质量管理的雏形和探索尝试。具体的做法是：对每一项建设工程制定合理的标准，承建单位实行投标制，中标项目实行工

1984年，深圳市工发公司总经理尚志安（左）与副总经理刘俊达合影（尚敏智　供图）

期、原材料和投资包干，以及按“工期提前一天或拖后一天，按工程投资额奖罚千分之一”的办法， 打破了施工单位的“铁饭碗”，调动承建单位的积极性。为了提高社会信誉和竞争能力，承建单位积极推行队组、幢号等经济包干办法，加强内部管理，改善劳动组织，加快施工进度，同时尽量做到杜绝浪费、节约投资、缩短工期，保证施工质量。

时任“工发公司”施工部部长、后提任公司副经理的刘俊达，负责工程施工及开发口的工作，是整个公司工业区开发建设工作的重心。工业区的厂房、公共设施等基本建设项目施工，尤其是后来肩负的对外项目施工建设等一系列管理工作十分重要，由于招标投标和项目工程施工

1985年，八卦岭工业区开发建设工地现场（深业鹏基南方集团　供图）

工作面向全社会，各种社会关系十分复杂，客观上要求管理干部要坚持原则、铁面无私。刘俊达为人善良谦逊、处事沉着低调、作风踏实稳健、工作掷地有声，他的个性不健谈，不了解他的人觉得这个人有点“闷”，但恰恰是这种个性和作风，在开发建设这个“是非口”里是最合适的。在负责施工部工作的很长一段时间里，刘俊达不但做好本职工作，还充分发挥开发口管理干部和工程师们的作用，严格招标投标程序

和施工管控全过程，尤其是遇到个别承建单位厂房施工建设质量不过关、验收通不过时，他们不问“来头”、不怕“权威”，敢于得罪人，严格按照制度办事，决不姑息怠慢，做到：百栋厂房工程验收，谁也别说情！据当年与刘俊达共事的同事回忆，记得有一次在八卦岭5××栋厂房建筑承办项目的工程施工验收过程中，发现该厂房施工质量不过关，验收不合格，他们不怕得罪对方，坚决不予“过关”，而是按合同协议

规定交由承办建筑公司自己负责“消化”处理。

2

筑巢引凤，招商引资，是开发工业区最基本的目标。巢筑好了，凤也陆续飞来了。它们有些是找上门来的，有些是指挥部和服务公司开展多种经营，招商引资引过来的。

1984年前后，工业区的建设队伍也得到逐步扩大，从内地过来参加特区建设的同志们，把好的作风和精神都带到了深圳。许多企业在筹建和生产期间，坚持艰苦创业、勤俭办企业的作风，如当年的洗衣设备工贸公司，从为国家节约每一分钱开支出发，凡是能够自己干的事情就自己干、能够自己扛的活儿就自己扛，领导干部以身作则，带头加班。又如当时的京深公司，在开发注塑机新产品时，全员连续奋战53个日日夜夜，使产品最终投入了国际市场。

1985年前后，由于工业区的建设规模、投资环境以及政府对招商引资工作力度的加大，很快就吸引了香港上市公司南雀制衣集团、中华汽车、精细化工荣生集团、中央银行制币工厂等一大批优秀企业入驻八卦岭，比如当时国内十分紧缺的工程机械（如大型吊车，装载机）、液晶显示器生产线等也开始引进。

据统计，1985年，深圳市工业发展服务公司自己兴办的企业就有34家，其中工业企业17家、第三产业企业11家、商贸企业6家。公司从1万元开办费起家，发展到了拥有总资产2.3亿元、净资产7800万元，银行借款5200万元，负债率67%，销售收入2.26亿元，利润3544万元。

在筑巢引凤、招商引资的过程中，他们把握了“原料有来源、产业有销路、经营效果高、创汇能力强”等原则。在具体的招商方法上，遵循五个方面，一是灵：信息灵通，反应灵敏。二是活：灵活掌握政策。对于技术先进的外向型项目，本着互利原则，灵活对待。三是选：采取走出去、请进来的方法，筛选好引进项目。四是算：认真准确算好账，做好技术、市场和经济等可行性分析。五是快：看准的项目当机立断，做到看得准、签得快、筹建快、投产快、见效快。比如他们跟英国的ICE集团合资兴办“深圳国际展览中心”项目，从正式洽谈到达成协议，仅用了四天的时间。这个项目是我们国内与国外会展业合作的第一次尝试，同时也是当今深圳国际会展业扬帆海外的首航。在当年，深圳国际展览中心的每一个展会、每一场活动都是国际性的，都是深圳乃至中国的重要新闻。该项目的总投资为1600万美元，建筑面积为2500平方米，全套引进外国设备。尚志安在1985年11月4日的公司总结中指出：公司成立3年多，与香港合资经营的企业就有6家，港方的协议投资为2572.75万港元，引进独资经营的企业有2家，共投资1500万港元。

1985年6月25日，深圳市委书记梁湘同志在视察八卦岭工业区时指出：要把工业生产搞上去，要办一些有影响的、与服务相近的大中型企业。因此，八卦岭工业区在招商引资过程中，十分重视把握开放型的特区企业发展方向，把重心放在发展外向型企业方面。他们积极利用深圳毗邻香港的优势条件，密切注意瞄准国际市场，开发新产品，逐步实现企业的转向，建设外向型企业，发挥特区对外对内两个扇面的辐射作用。

3

说起深圳经济特区，当年最有影响力的一句话传遍国内外：“三天一层楼”，这句话后来成为“深圳速度”的具体演绎。而不少人可能不知道，就在深圳喊出“三天一层楼”的时候，还有一句来自当时八卦岭工业区招商引资的话：“三天办一个企业”。

20世纪80年代，全国刚刚掀起改革开放的热潮，整个国家的经济体制都是沿袭多年的计划经济体制，在政府大一统的计划体制下，要成立一个企业也不是那么简单的事情，仅是诸如“姓公姓私”“盈亏机制”、资金筹措，以及繁琐的申请报批手续等，没有几个月时间的“可行性研究”、协调、报批，根本就不可能办完。而深圳经济特区，一开始就从经济特区的“特”字入手，一切服从改革开放、建设特区的中心工作的需要，进行了一系列的政府行政体制改革，“小政府、大社会”的改革理念和举措，努力转变政府职能，简化办事程序，助力招商引资，促进特区改革开放和经济发展，其效果和作用十分显著。

于是，在国贸大厦出现“三天一层楼”的“深圳速度”时，八卦岭工业区便出现了“三天办一个企业”的创业速度，这在当时对深圳乃至内地各省市的政府及企业界的招商引资等是有一定的触动和影响的。当然，这种速度不一定很科学，也不一定是好事，甚至可能导致欲速而不达，这也不一定是经验。但是，“时间就是金钱，效率就是生命”以及后来“三天一层楼”“三天办一个企业”的口号，在当时能加快推进深圳经济特区改革开放步伐，营造一种讲求时间和效率，快速发展经济的创业氛围，是毋庸置疑的。

尚志安及其团队，在短短不到3年的时间内，在几乎没有开发资金、即使市长担保银行也不肯贷款的条件下，将上步轻工业区提前开发了出来，而到八卦岭工业区开发时，银行主动上门来拉贷款了。这在当时是难以想象的事情，尚志安他们做到了。他们大胆利用银行贷款，以“滚雪球”的方式，滚动和回笼开发资金，低投资、高速度地成片开发了示范工业区。

实践证明，八卦岭的开发，在当时既盘活了一个一穷二白的企业，又通过先行先试，探索了经济特区开发工业区、招商引资的成功经验，发挥了对外对内两个扇面的辐射作用，促进了经济特区的改革开放。为全国其他城市开发工业区，提供了先进经验。

我一直在疑虑和思考着一个问题：尚志安和他的“工发公司”怎么

会这么幸运？

了解中国改革开放史的人都会知道，在中国的改革开放史上，1984—1985年算是一个十分艰难的时期。这个时期的中国，经济陷入了困境，而深圳经济特区实际上还受到全国各界质疑和批评，讲白了还是“特区姓什么”等问题，这多多少少影响着深圳的改革开放。目前已经公开的改革开放史料，如《1949—1989年的中国改革开放的历程》[1]、《邓小平时代》之“第14章 广东和福建的试验，1979—1984”[2]等等，都足以证明深圳经济特区当时所处的背景和处境。尤其是1984年前后的深圳，深圳经济特区的改革开放从理论到实践都面临着很大的困难，包括质疑和非难，深圳的“拓荒牛”们更是在缺乏开发资金的艰难困苦中开荒辟岭，硬是闯出了一条血路来。

这些年来，每当我写深圳20世纪80年代的题材，我常常会想起深圳市老领导刘波跟我讲深圳故事时讲得最多的一句话：“那个时候的深圳，难啊！一无资金、二无人才，真正的一贫如洗、一穷二白啊！在那个基础上建设经济特区，真是难啊！”

到了1985年前后，深圳实际上就更加困难了。后来，在1991年底看了美国学者傅高义的书，我才知道国外的学者是怎么看待中国那段日子的，傅高义说：“外国观察家分析了（深圳）酒店开房率、利润水平和债务偿还计划后，很快就宣布深圳是失败的。甚至一些年轻干部，包括一些高干子女，在1984年到1985年的衰退时期，抛弃了深圳……从1984年至1985年，外来新投资下降，但在1986年又大幅度回升。”[3]可是就在

1. 王洪模，等. 1949—1989年的中国改革开放的历程［M］. 郑州：河南人民出版社，1989.

2. 广东和福建的试验：1979—1984［M］//傅高义. 邓小平时代. 北京：生活·读书·新知三联书店，2013：387-412.

3. 傅高义. 先行一步：改革中的广东［M］. 广州：广东人民出版社. 1991：161-162.

这么个艰难时期，深圳市政府加大对企业深化改革、让利放权和扶持发展力度，尤其是对工业区招商引资给予了更宽松的扶持政策，深圳市工业发展服务公司开发的两个工业区居然出现了“逆增长”，不但工业区开发资金困难得到了缓解，厂房出售超出预期，资金回笼，招商引资捷报频传，整个公司还清贷款，轻装上阵，苦尽甘来，蒸蒸日上。

据统计，1985年基建工程施工面积比1983年增长183%，1985年7月底，工业总产值比1984年同比增长近2倍，当年便有盈利的企业占投资企业的67%。仅在1983年就通过1800多万元贷款，建成了价值7500万元的工程；到1985年9月，历年贷款约5425万元，3年内已完成价值5亿元的工程。更可喜的是，公司在1985年3月已还清历年贷款本息尾款840万元，首次实现了无债经营开发，在当时全国都面临紧缩银根、回笼资金难的困难时期，能做到这一点简直令人难以想象。

以上就是两个工业区绝地逢生的过程，可想而知，尚志安他们经历了多少艰难困苦，才能从绝望的低谷坚韧不拔地走了出来，这就是八卦岭的传奇了。

“传奇”的工业区是干出来的

借鉴先进规划理念

就在尚志安正忙于将荒山野岭的八卦岭打造成深圳市高标准、现代化的示范工业区的1985年，一个远在美国的“中国问题”专家、社会学家带着考察中国社会转型与发展问题的目的，远渡重洋来到了广东省的省府广州市。在广州市东风中路的广东省政府大院里，广东省副省长匡吉，广东省经委副主任杨迈、委员杨开茂等领导相继接见这位来自美国的“中国通”。他的名字叫傅高义（Ezra F. Vogel），是美国哈佛大学东亚研究中心主任、东亚研究委员会主席、著名社会学教授，是在后来的1991年出版、风靡一时的《先行一步：改革中的广东》一书的作者，也是2013年撰写出版《邓小平时代》的作者。

自1979年以来，傅高义每年访问考察中国广东，而深圳，是傅高义踏入中国、最早了解中国改革开放的城市之一。他当年考察的成果，在《先行一步：改革中的广东》中多有收录。来自深圳经济特区改革开放和工业区开发的很多尝试和做法，通过广东省经委及其下属单位广东省企业管理协会，以及广东省厂长经理研究会等的调研和采访以及有关报刊报道，传递到正在进行课题研究的傅高义那里。于是，广东省经委主管下的广东省企业管理协会，根据时任广东省副省长匡吉、时任广东省经委主任张高丽同志的指示，以及省经委领导杨迈、杨开茂等同志的指示，责无旁贷地承担了一个重要任务：利用协会密切联系企业，熟悉企业情况等便利条件，收集深圳经济特区改革开放尤其是开发工业区的做

本书作者于1986年在广州因工作关系认识并采访了美国著名社会学家傅高义先生（右），时隔近30年后的2013年3月30日，在深圳第二次采访傅高义先生

法和经验，为上级领导和傅高义先生研究深圳经济特区提供参考。这个任务，荣幸地落到了时任省企协学术研究部负责人、杂志社副主编的本人身上，这就是我有幸于1986年第一次采访傅高义的缘由，也是本人为什么这么多年来情牵八卦岭工业区的最初原因。

第一次来深圳，可以溯源到1981年。但当我首访八卦岭，那已是1985年秋天的事了。

秋天是收获的季节，八卦岭那年的秋天真是斑斓璀璨。就在这年秋天的一个下午，广东省企业管理协会秘书长郑林书先生，带着我来到了深圳。郑秘书长告诉我：到了深圳，他要带我到八卦岭工业区认识一个“新闻人物”，好让我日后方便为领导收集并提供开发工业区的研究素材。郑秘书长说要了解深圳经济特区工业区开发，首先要了解一个人和他掌舵的公司，这个人就是尚志安，这个公司就是深圳市工业发展服务公司。

这年秋天，尚志安可谓意得志满、神采飞扬。近三年来，他以“滚雪球”的方式开发的上步轻工业区已经全面竣工使用，八卦岭的开发已经取得了阶段性成果，工业区开发出现的瓶颈问题已经基本解决，不但积累了大笔资金，还探索创造了独具特色的可以供全国开发工业区借鉴的经验。

1986年9月3日，在工业区开发三周年纪念大会上，尚志安的一段总结让人们感受到他当时的心情。他说：“从一万元开办费，我们经过短短三年时间，工业区的开发总工程价值量为五万倍，工业区开发的营业收入为两万七千倍，创造固定资产六千多倍，从七八个人开始创业到现在，人员扩大九十七倍。寥寥几个数字，却包含了我们广大拓荒创业者们的胆略、智慧、毅力和汗水的结晶。目前公司发展日新月异，已从开发工业区的单一经营实体，一跃成为能开展多角经营、多样产品，具有相当规模，财力充足，信誉卓著，跻身于省市先进企业行列的综合性集团式经济实体。”

当年，当上步轻工业区开发的主体工程基本落成，尚志安的八卦岭工业区已经基本完成了“七通一平”基础设施工程建设。八卦岭工业区，市委、市政府是按照“现代化工业园区”的高规格进行定位的。它的开发目标十分明确：要建设一个区内布局合理、规划设计超前、交通纵横交错、环境时尚优美的现代化工业区。

在20世纪80年代的中国，要做到这样的高要求，只能走出国门，学习“亚洲四小龙”尤其是新加坡的经验。于是，尚志安带着一个小团队并带着极现实极实际的问题和项目意向方案去“求学”，考察学习回来后确定工业区的总体设计方案，进而几经研讨，几易其稿，之后迅速进入工业区的勘察、规划、设计和施工工作。

可以说，在80年代开发工业区，从考察国外工业园区到学习国外先

1984年，尚志安率团考察新加坡工业区建设规划，八卦岭工业区的超前性规划得益于新加坡工业区规划的理念和经验（尚敏智　供图）

进管理经验、规划设计工业区开发方案，这种做法在当时是比较大胆和前卫的，尚志安如此敢为人先，是勇于承担一定风险的。

20世纪80年代的人们看八卦岭工业区，不禁会脱口而出：哇！好先进的现代化工业区啊！其实，八卦岭工业区虽说总体规划理念超前、园区街巷纵横交错、堪称规范典雅时尚，但终究还是遵循标准厂房的设计法则：标准、通用、配套、集约。它不同于传统厂房。传统厂房一般只是一层高达十来米的平房，轻工业会建一些二楼的厂房。上步的定位是轻工业区，所以一开始就建几栋几层高的标准厂房，这种厂房除了底层保证承重力之外，二层以上从设计材料到配套产业，都是选择负重力轻、占地面积小、利用率高、适合轻工业生产的产业，比如上步轻工业

八卦岭工业区规划中保留了绿化带

区初期引进的服装厂和电子行业等。

基于八卦岭工业区的现代化定位，标准厂房建设要求更高，其设计理念是在规定区域内按照统一规划，建成具有通用性、配套性、集约型特点的先进园区，主要为中小企业集聚和工业投资项目提供生产经营场所的生产作业平台。所以，八卦岭工业区的域内厂房设计，有利于资源优化配置，有利于优化生产力布局，促进中小企业的发展；有利于培育产业集群，建设先进的制造业基地；更有利于改善生态环境，实现经济效益和社会效益和谐发展。

八卦岭工业区在规划中，对大马路和小街巷的设计也是学习了新加坡的经验，每一条大马路，在规划中都留有30米的绿化带，每条街巷规划都从绿化、休闲、生活等方面考虑，十分人性化，做到意识超前、独具匠心。现在回过头来看八卦岭那四横九纵的马路和街巷，原先的规划框架仍然可见，但很多地方已面目全非了，比如工业区原有的不少绿化带、休闲地带被规划外建筑占用，工业区原有的休闲生态空间和文化生活广场被破坏、占用甚至变卖。

看来，一个工业区的历史资源与一个家族的历史遗产是一样的。后来人由于传承理念、价值取向、经营观念、生存欲望，甚至文化情怀与文化价值观不同，对历史资源传承的立场、观念、态度和处置方法也可能会截然不同。八卦岭工业区今昔的对比，我们同样很难用一句“可惜”与“遗憾”来概说。

时隔近40年，即使今天走进八卦岭，我们都还会惊叹其四路九街，纵横交错；厂房林立，标配适当；街市配套，人本关怀，一派城市森林、安居乐业气象。今天的八卦岭，恰似一个中年汉子，身着一袭锦衣，或中山装或古韵绸缎，有点令人古韵，但永远还是那么风流倜傥、引领时尚。

于是，走进八卦岭工业区，我们会从旧厂房人行楼梯的斑驳水泥墙中记起那曾经辉煌的历史，我们会怀念八卦岭工业区总设计师尚志安，我们敬佩这位特区工业区第一代拓荒者的独特眼光、开阔格局和高雅品味，我们会赞美八卦岭工业区20世纪80年代那批拓荒者们艰苦创业和无私奉献的精神。

其实，传奇的八卦岭工业区的诞生，不是凭空想象的所谓“神话”，而是一大批早期的拓荒者敢想敢干、艰苦奋斗、脚踏实地干出来的。

从深圳经济特区的角度来看，仅1987年的统计资料就反映：“1979年特区建设之前，全市工业总产值仅6061万元，到1986年，工业总产值猛增到3565亿元，七年增长了57.8倍。仅1987年7月的一个月，工业产值即接近5亿元，四天的产值就相当于办特区之前的1979年全年的工业总产值。深圳的腾飞，受到了国内外的关注，美国人称誉深圳为‘一夜崛起之城’。”[1] 为此，1987年8月26日《深圳特区报》发表文章说：“7年前，当深圳特区正式宣告创办时，国际舆论热情地称赞她是中国改革开放政策催生的‘伟大巨婴’。现在，这个‘巨婴’已经健康地成长起来了，并且取得举世瞩目的业绩。”

“中国不存在企业”之说

1986年12月底的一个下午，在广州市华泰宾馆会议大厅，一场别开生面的“现代企业管理理论研讨会”正在举行。

一个穿着中山装、戴着鸭舌帽和宽边眼镜的中年人在发言席滔滔不绝。当谈到中国企业面临深化改革、政企分开、放权让利问题时，他突然脱口而出：“中国现在不存在企业，中国没有企业家，中国企业的领导人目前还不是真正意义上的厂长或经理……”台下一片哗然。作为会议秘书，我心里咯噔了一下：这可是广东省经委主管、广东省企协主办的“企业管理理论与实践系列研讨会”，与会人员都是来自全国各地各个行业的知名人士。尚志安作为省企协领导特邀的嘉宾，发言可千万不能有半点差池。

其实，严格来说，有关“中国不存在企业”“中国没有企业家”等类似问题，并不是尚志安的原创观点。约在1986年11月，《中国经济体制改革》杂志发表了一篇叫《创立具有活力的、真正的企业》的文章，文中转述了日本东海大学教授小宫隆太郎在一篇研究中国企业的论文中提出的一个爆炸性观点：“中国不存在企业，或者几乎不存在企业！”[2] 这

1. 王洪模等. 1949—1989年的中国改革开放的历程［M］. 郑州：河南人民出版社，1989：467.

2. 创立具有活力的、真正的企业［J］. 中国经济体制改革，1986，11.

尚志安出席中国经营管理研究会召开的学术研讨会并发言（尚敏智　供图）

一篇文章，在当时的中国经济理论界，像炸了锅般引起广泛争论。尚志安的发言，大概也基于前不久经济学界争论的这种背景。不管怎么说，面对国外学者的质疑，我们是应该回应或"接话茬"的，有还是没有？理论依据何在？所有这些，都很值得我们引起重视和深入研究。

当时我们所处的改革背景，也就是这个说法和争论提出的历史背景：自新中国成立以来，我国一直沿袭着苏联那套高度集中统一的计划经济体制，政企不分，产权不清，企业成分单一，企业职能模糊，企业领导由政府任命、具有双重领导职权，企业实际上甚至是政府派出的一个职能机构，因此，企业本身的自主职能依附于政府的赋予，企业缺乏独立自主权，从企业的性质来分析，它不是真正意义上的企业。

就在中国甩开膀子进行企业体制改革之时，国外有些学者对中国企业界的改革也十分关注，他们紧紧抓住中国几十年来高度集中统一的计划经济体制等问题，在“中国企业的行政成分”和“企业家性质”等问题上做文章，当时最尖锐的论调就是日本小宫隆太郎等人指出的“中国没有企业”“中国不存在企业”“中国没有企业家”。客观地说，小宫隆太郎的观点可以说对我们政府层面、企业理论与实践层面都是一个不小的震撼，就当时的改革思维而言，我认为对我们有一个很好的底层改革逻辑的启发。也就是说，中国企业体制改革，最起码要实现政企分开，还企业自主权，使之产权清晰，成为自负盈亏的经济实体。当时我在负责广东省企协学术研究部工作，对经济理论界的这些动态比较关注，对这个问题也很感兴趣，并参与过有关课题研究。

在尚志安任企业经理的1985年前后，我们面对的是怎样的改革背景呢？正是企业面临决定性转型的改革关键期，国家一方面进行企业内部管理机制制度方面的改革，另一方面积极稳妥地推进企业体制改革，通过深化企业内部机制、体制等一系列改革，千方百计明确政府职能、放权让利、政企分开、明晰产权、深化改革、搞活企业。1985年，国家经委在全系统广泛推行18种现代化管理方法，提出深化改革，“向管理要效益”，同时积极制定并贯彻落实《企业法》《企业破产法》等各种法律法规。直到1986年12月，国务院颁发了《关于深化企业改革，增强企业活力的若干规定》等文件，在理论上和法律法规上给企业定性，在实践上给企业改革确定了基本方向。

当时，广东省经委结合全省企业改革增强活力工作，充分利用属下的广东省企业管理协会、广东省厂长（经理）研究会、广东营销学会等机构，分期分批组织学习、推广国外企业18种现代化管理方法。

在我的印象中，那几年广东省企业管理协会的“企业管理培训班”一期接一期，年年月月几乎没中断过。在工作任务十分艰巨和繁重的当时，尚志安的学习积极性也达到了极致。尚志安不是那种只凭经验拍脑袋蛮干的企业领导，他是一个思维缜密、性情豁朗的人，按当时的说法是他容易接受“新生事物”，十分推崇企业实行科学管理，十分重视现代化管理方法的学习。他不但自己主动参与广东省经委组织的“厂长经理管理培训班”，还分期分批送公司的管理干部参加培训，提出把员工学习当作公司的“福利”来落实。

与此同时，尚志安十分重视公司领导班子和团队建设。在1985年前后，他不但重用新分配来的大学生，更重视从北京及全国各地招聘和调入年富力强的工程师、会计师等高级专业人才。那时他手下已经有一批德才兼备的得力干将，除了刘俊达、卢健民等两位才俊副手，还有一批优秀的工程师和管理人才，如肖植权、张道威、朱文忠、吴君平、凌佩铿、季桐鼎、严素文、李祥彪、饶挠吉、李树臣、方立衡、白金和、陈知半、郭佛桐、陈政辉、张学良等等（以上高工高管，仅指1985年前后，可能挂一漏万，恕无尽数），这一批高级工程技术专家和高级企业管理干部，带领一大批工程师和管理干部，怀着满腔支援特区建设特区的创业情怀来到深圳，他们发扬敢干敢闯、艰苦奋斗的创业精神，工作讲原则、有激情、有干劲，个个都是行家里手。短短3年时间，公司全行业中方职工已达681人，其中干部290人（工程师95人，助理工程师、大中专院校以上学历有近125人），还聘请了国内外12名著名专家学者担任公司的各行业顾问，组织分批培训近20期。尚志安对员工培训和人才引进从不怠慢，他说他们开发的是现代工业区，需要培养一支素质高、懂管理的专业队伍。

“你当我是‘一分钟经理’啊？”

20世纪80年代的中华大地，读书论道蔚然成风，从“出版热”到“读书热”，再到被誉为继五四运动以来中国的一次文化反思运动——“文化热”，整个社会崇尚文化知识、追求文化梦想。80年代的中国企业界，同样十分重视知识，重视科学管理。当时的广东省工交系统，在广东省经济委员会的领导下，全面深化企业改革，积极推行现代化管理方法，要求企业领导和管理人员要努力学习科学技术知识，要学会运用先进的管理方法管理企业，全省工交系统的企业十分重视科学管理、学习管理知识。

李祥彪，是尚志安几十年来的老同事，从1958年尚志安来工厂上班的第一天就在同一个车间，当他向我介绍尚志安在广州的经历时，如数家珍，言语间流露出兄弟之情……

“老尚1958年23岁那年随父亲从武汉到广州，当时他已经是工厂最年轻的共产党员了，不久他就被提拔当车间主任，然后在广州拖拉机厂、广州农机厂、农机公司等单位当车间党支部委员、团总支书记等，20世纪60年代后期调任广州第一机械厂党委书记、广州远东风扇厂副厂长等，直到1982年调来深圳当工业发展服务公司担任副经理、经理。一路走来，老尚都是在企业管理的第一线上……我印象中，老尚他从没间断过读书自学。在‘四清’运动时，他还参加过广州市花县的工作队，所有这些都是他学习的机会和对他的历练。所以，本来就勤奋的尚志安，几十年来从未放弃过学习专业技术知识和管理知识的机会，不管是自学还是组织给予的参训机会……”

听这么一介绍，我便想起尚志安给我的第一印象：一张有点严肃的方圆脸，平时言语不多，给人一种不易接近的错觉，实际上说起话来，却给人一种和蔼可亲的感觉。他常常戴着一顶别致的鸭舌帽，那顶20世纪50年代时兴的工人老大哥戴的深灰色的鸭舌帽，他一直从广州戴到深圳来，加上一副宽边眼镜，满脸的书卷气……

那次在公司办公室聊天，聊到他带领一班人学习管理方法、将学到的管理理论应用于管理实践问题时，我半开玩笑地问他：“您原本不是学管理专业的，怎么能当好这么大一个公司的经理？”他笑呵呵地反问我：“你不知道吗？很多年前我就已经是广州大工厂的厂长了！我不是科班出身，但是，‘企业的失败源于管理者的失败，管理者的失败源于他们不善于工作……没有任何自然法则说明：优秀技术人员不可能是优秀管理者，他们将来也未必能成为出色管理者’，大学教授不一定能当好大学校长、主任医师不一定能当好医院院长……”[1]好家伙，美国管理学家巴达威《管理者为什么会失败》的论述，他居然能背得这么熟！这可是广东省企业管理协会“厂长经理培训班”的必读书啊。我不由得暗自叹服。

1986年5月的某一天，广东省经委委员杨开茂同志来到省企协秘书处，指示协会秘书长郑林书同志，结合目前企业界出现的一些对企业“乱摊派、乱赞助”等不正之风，调研和采访一些一线明星企业，把企业及其领导面临的困难、苦恼和呼声编成一个“内参”，主送省政府主管领导和省直有关部门领导，供领导了解企业和制定决策作参考。我和杂志社主编吴凤仪同志接受了这一任务。我们策划了《内参专刊》和“内参”专栏，专栏名字就直接叫《厂长经理的苦恼》《厂长的呼声》。主要是在《管理良友》杂志上发表一些可以公开的调查文稿，而《内参专刊》则主送省政府及主管部门主要领导。当时，正值团中央表彰“全国十大杰出青年”活动，广东省青年企业家在“全国十大青年企业家”评选中有3位榜上有名，他们分别是：后来担任深圳市友谊公司经理的邹洪、时任珠海工业发展公司总经理的冼文、佛山顺德某厂厂长区士根。由于当时吴凤仪同志正在采写“全国十大杰出青年”的系列报告文学，我奉命负责《内参专刊》采写工作。第一篇《内参专刊》文章

1. 巴达威. 管理者为什么会失败［M］. 王益苓，译. 武汉：科技进步与对策杂志社，1984.

1986年5月，广东省经委委员杨开茂（中）到省企协秘书处指导工作。图为工作留影，左为本书作者，右为省企协秘书长郑林书同志

《漫话“我们工厂怕出名”——为厂长经理说两句话》（**注：该文作者何良，后转载刊发于《管理良友》杂志1985年第4期**），针对当时社会对明星企业的赞助、摊派和税负等不良之风进行了披露和鞭挞。《内参专刊》呈送省政府领导，受到副省长匡吉同志亲自批字褒扬。当时的深圳市工业发展服务公司算是“明星企业”，而尚志安是当时深圳经济特区的一个风云人物，因此，采访尚志安便是我理所当然的选择。

记得那是5月底的一个下午，我趁参加深圳蛇口工业区《蛇口消息报》举办的一个文化沙龙活动的机会顺道约访了尚志安。到他办公室时他不在，等了约一个多小时他才回来。那应该是我第二次见到尚志安吧，感觉心情轻松了许多。在他连声道歉时我打断了他的话：“您猜我刚才走进您办公室时想到了什么？”

“想到什么了？”他问。

“我想到了一个场景，一个虚构的场景：一面落地玻璃墙边，一位戴着鸭舌帽、穿着雪白的衬衣、系着深红色斜纹领带、风流倜傥的尚总经理，他轻轻地吸了一口烟，休闲地欣赏着玻璃墙外的风光……”

“哈哈，你当我是‘一分钟经理’啊！”他点上一支烟说，“我也想啊，一分钟目标、一分钟称赞、一分钟批评。让自己有更多的时间做自己的事。可是谈何容易啊？30多个下属企业，很多干部缺乏管理经验，企业大多匆匆上马，千头万绪啊！我现在是顾此失彼、疲于奔命啊！我啊，这辈子恐怕当不成‘一分钟经理’了……”尚志安就是这样一个朴实谦恭、勤奋实干的人，这些年来，他除了工作就是学习，管理学方面的书确实读了不少，感觉无论聊哪个论题他都能接上话茬儿。

尚志安不但严格要求自己提高企业管理水平，对员工管理知识和专业技能方面的培训也不放松。他说要从人性管理的角度，关心员工的生活、工作和成长。他关心员工的生活和成长是发自内心的，他把员工的学习培训当作培养员工成长的一个重要途径，把关心员工的生活疾苦，当作自己的一项本分工作。

在八卦岭工业区开发初期，办公没瓦房、吃饭没饭堂、住宿是竹棚。不料1983年那场强台风将整排竹棚也掀翻了，大伙儿又无家可归。于是只好重新搭建，当然，还是竹棚。

尚志安是个性情率直、心胸豁达、心地善良的人。当那天看到大家兴高采烈地搬进因台风摧毁而重新搭建的竹棚时，尚志安心酸啊！他说他永远都忘不了那个让他感到很心酸很凄凉的情景。当时他就下定决心：只要公司发展稍微有基础有可能了，他一定千方百计让随他艰苦创业的兄弟姐妹们住上新房。结果公司熬到当年年末，刚好售楼、还贷等都比较顺利，已有一定资金结余，于是，公司决定拿出部分资金作为群众福利资金，另外再贷款400万元左右，解决员工的后顾之忧。正值园岭新村商品房开售，他立马决定订购3栋商品楼，共200套左右，让员工们在1984年至1985年陆续住上新房。后来几年，公司不断发展，员工越来越多了，他又不失时机在下步庙购置了几十套新房。

冯惠芬，是一个从“工发公司”到鹏基集团公司一直担任“机要员”的老党员。今天想起“工发公司”那段艰苦奋斗、苦中有乐的历史，她一五一十如数家珍，她说，当年的“工发公司”和尚志安，在资金十分有限的情况下，硬是倾巨资并贷款购买公司福利房，解决员工住房难问题，这在当时的深圳特区企业中算是“先行者”。那句流传到现在的话：“做个‘工发公司’员工有多自豪”，就是那个时候流传出来的。

是啊！即使是现在，有的“工发公司”老员工们说起此事，都还忍不住激动得热泪盈眶呢……

“企业就应该有社会情怀”

招商引资掀热潮

20世纪80年代中期，正是国家经委加大改革开放力度，深化企业体制改革，推广现代化管理方法，向管理要效益的重要时期。尚志安开发的工业区和管理的公司，正是在那个时期成为国有企业改革、向管理要效益的典型企业。尚志安与他的上步轻工业区、八卦岭工业区，以及后来开发的莲塘工业区，招商引资红红火火，在深圳经济特区乃至省内外业界声名大噪。

那个时候的深圳经济特区，得到了全国各省市的支持与援助，这种支持和援助，后来形成了制度化、硬件化的协调机制，即发展到全国各省（市）都在深圳设办事处，专门处理该省（市）在深圳的所有事宜，包括深圳的对口招工、办理来深工作或公干的特区暂住证、开展招商引资活动、推介本地区土特产和开发资源、接待该省（市）领导或考察团来深考察等。有这么一个机构，对深圳经济特区的支持和宣传就十分有力度，见效快，效果也好。

当时的全国各省市都掀起了改革开放的浪潮，深圳经济特区通过开发工业区招商引资、兴办“三来一补”企业的成功经验，是全国推进改革开放的热点和重点。因此，“工发公司”滚雪球开发工业区、招商引资发展经济的成功经验，一时间成为全国各省市业界开发与发展的典型模式。这种模式的推介，就当时的深圳而言，主要靠两个渠道：一靠主流媒体，二靠代表各地政府办事机构的“驻深圳办事处”，后者的能量和效应在某种程度上更直接、效果更好。于是，“工发公司”的开发模式和经验，一夜之间便成为“传奇故事”迅速传开，前来参观考察、洽谈办厂的国内外考察团和客商络绎不绝。

据统计，短短3年间，公司仅接待的国内外考察团、客商、厂家就达800批、约3000人次，以至于在公司发展的鼎盛时期，因为公司的接待费和必要的宣传推广费等问题，尚志安曾经受到种种非难。

为了寻找当年的接待费用官方依据，我还专门查找到了当年市里有关管理部门的明文规定：“允许抽取公司营业额千分之三的比例数额作为接待费。”现在看来，其实尚志安在公司接待费、业务洽谈费、公司形象宣传费等方面已经是很节省了，仅是接待费就远远不够当年市里规定的“允许抽取公司营业额千分之三”比例数额的零头。尚志安就这个问题接受我采访提问时，他很朴实地哈哈大笑，说：“自从来了深圳，我什么时候都是缺钱用的，我哪舍得乱花钱啊，但是，一个企业就应该有社会担当、有社会情怀！应该花的钱，我绝不吝啬……”

话剧《特区人》风波

约1983年秋，《南方日报》发表了一篇赞颂尚志安及其领导的“工发公司”开发工业区事迹的报告文学，引起了省内外社会各界的轰动，尚志安和“工发公司”因而声名远扬。由此，广东省某话剧团根据上级宣传文化部门领导指示，组织策划并成立了《特区人》创作组，拟将深圳经济特区的“拓荒牛”尚志安等开发工业区的感人故事搬上舞台和银幕，这就引发了当年“工发公司”尚志安以公司名义赞助《特区人》创作组和剧组的风波。

《特区人》大概是当时全国第一个反映和宣传深圳经济特区改革开放成果的文艺作品，最起码是第一个舞台剧。创作组经过四处打听，终于找到了八卦岭工业区和尚志安。胸怀大格局而无私无畏的尚志安听完创作组的创意和作品构思框架后，天真地认为：创意很好！深圳经济特区改革开放的艰难过程和经验成果确实很值得在改革开放中借鉴，而且运用文艺宣传的方式，将特区的开发经验宣传出去，让大家分享和推广，也不失为一件很好的事情。于是他不但接待了《特区人》创作团队，还决定赞助话剧团创作费10万元。这对于当时“鸿运当头”的尚志安来说，可是好心摊上大事了！很快就有人以此为“突破口”告状，要求组织问责尚志安，连同他任职期间的所有账目逐一审查，非让这头“倔驴”低头不可……

尚志安一直认为，作为一个企业，应该有社会情怀与社会担当，在能力允许的条件下，企业有责任、有权利也有义务资助扶持文化事业的发展，更何况人家话剧团是奉上级宣传文化部门领导的指示来创作的，企业在经费允许范围内给予一定的资助也是理所当然的。面对一些来自外界的质疑甚至非难，他引经据典，据理力争，坚称像话剧《特区人》那样的文艺作品，紧贴时代脉搏，主题立意高雅，歌颂深圳经济特区改革开放成功经验、塑造特区拓荒人物和弘扬特区创业精神，这是于深圳经济特区建设、于国家改革开放事业万利而无一弊之事，我们理当提倡、鼓励和支持。

八卦岭工业区的成功开发与发展，确实是深圳经济特区改革开放招商引资的一个成功缩影，而宣传特区的改革开放成果也是有助于推进改革开放进程的一个举措。尚志安认的这个理，大凡胸怀全局、出以公心的人都会认同。当然，以企业赞助的形式扶持文艺作品在原则上不存在什么问题，但由于话剧《特区人》主人公原型貌似取自八卦岭工业区领导，而作为工业区党组织的领导，若注意适当“避嫌”当然就可避免好事者非难了。但心底无私的尚志安就有这种倔劲儿，他自信无私无畏，认为心底无私就要敢作敢为，他不认为自己有什么过错！当然，这个事情还只算是一场小风波，暂时还构不成尚志安这头“倔驴”的大错！

话说回来，在上步轻工业区和八卦岭工业区，尚志安率领他的伙伴们确实创造了很多传奇故事，但尚志安他们不是天降神兵，他们也是普普通通的人。在波涛汹涌的市场经济海洋中，有的人会因为偶尔的不慎而呛水，有的会因为无私无畏、不敌激流而被卷进旋涡，还有的在充满鲜花的赞扬声中骄傲自满，不慎迷失方向。

其实，现实中的很多“拓荒牛”人物，大都正如我以上所写，最终并没有像有些人所想那样洒脱风光、风流一世，而是在勇于担当之后和豁达坦荡之中，或激流勇退、淡然归隐，或遭受诬陷、被贬罢而终。而当时尚志安的结局其实已经很不错了。

每次想起深圳经济特区初期像尚志安那批“拓荒牛”，每次想起那些敢闯敢干、艰苦创业，且在曲折跌宕、饱经磨难中仍不忘初心，胸怀坦荡的“拓荒牛”们，每次想起身边的逆行者，他们即使在人生最艰难的时刻，仍然坚定信念，守住良知，勇于直面现实，始终捍卫正心正义，始终保持不懈追求，勇往直前，我便不禁想起牛汉的那首诗《半棵树》：

真的，我看见过半棵树
在一个荒凉的山丘上

像一个人
为了避开迎面的风暴
侧着身子挺立着

它是被二月的一次雷电
从树尖到树根
齐楂楂劈掉了半边

春天来到的时候
半棵树仍然直直地挺立着
长满了青青的枝叶

半棵树
还是一整棵树那样高
还是一整棵树那样伟岸

人们说
雷电还要来劈它
因为它还是那么直那么高
雷电从远远的天边就盯住了它

振女排雄风，筑企业精神

值得欣慰的是，在几年后的1989年，由“工发公司”更名的深圳市鹏基工业发展总公司，又一次将尚志安提倡的企业社会情怀、社会责任和社会担当精神传承起来并发扬光大。

众所周知，1981—1986年，中国女排在世界杯、世界锦标赛和奥运会上五次蝉联世界冠军，简称“五连冠”，其中，1986年9月在捷克斯洛伐克举行的第10届世界女排锦标赛上，中国女排以8战8胜的出色战绩蝉联冠军，成为世界排球史上首次获得“五连冠”群体。中国女排“五连冠”，完美地诠释了“中国女排精神”，被誉为20世纪80年代激情燃烧岁月的“共和国精神地标”，它激励和鼓舞了一代又一代国人坚定信念，砥砺前行。但是1986年以后几年，“换血”中的中国女排在世界赛事上连连失利，社会舆论一时间对中国女排有各种声音，在中国女排最

2021年1月11日，原“工发公司”人事部部长、尚志安的夫人方立衡女士，出席“八卦岭之春——深圳大型工业区开发历史纪实摄影展”开幕式。图为方立衡女士（左）与本书作者合影

困难最需要拉一把的时候，“老工发”人悟出了当年尚志安要宣传深圳经济特区、要为特区人自己鼓劲儿的社会责任和良苦用心。尤其敏锐地意识到：这个时期很有必要“重振中国女排精神和雄风”，企业应该为之有所担当。

据当时参与活动策划和组织过程的“老工发人”、现任深业鹏基南方集团公司工会主席余旭升回忆：“当时，中国女排在世界性的很多赛事中连连失利，我们通过抓住深圳体育馆建成运营后誉满国内外的最红

上林苑酒店，20世纪80年代曾经接待过荣获世界女排赛事“五连冠”中国女排的八卦岭标志性建筑，于2021年4月28日拆建

火的宣传时机，策划了主题为‘传承中国女排精神，重振中国女排雄风’的系列活动。”那是一场纯粹由企业操作的非商业性活动，也是深圳体育馆第一次举办的具有重大历史意义和现实意义的体育主题文艺晚会，活动得到了国家体委、国家女排、深圳市委市政府等部门和领导的支持，在那场群星云集、规模盛大的文艺晚会上，他们成功地将获得世界女排大赛“五连冠”的中国女排老明星队员们请到了深圳体育馆主题晚会现场，晚会还请来了包括港澳演艺界很多国内一线明星助阵演出。活动组织十分圆满和成功。

老员工叶海纯，在谈到“工发公司”（1989年更名为深圳市鹏基工业发展总公司）的社会担当和积极扶持社会公益事业问题时，显得十分激动。在采访中，他说：“在20世纪80年代，这样热衷社会公益事业的企业是不多见的，老经理尚志安同志是企业社会责任和担当精神的倡导者，而组织‘重振女排雄风’活动时，实际上也是鹏基总公司对尚志安同志提倡的企业社会担当精神的进一步继承和发扬，也是尚志安一直孜孜致力于加强国有企业文化建设的组成部分。”在谈到体育馆那场“重振中国女排雄风”活动，他掩饰不住作为见证人与参与者的激动心情，他说他参与策划和组织了活动项目的全过程，他与同事余旭升等从赴京邀请协调到接待领导与中国女排见面、从参与策划到组织活动，每一个过程每一个环节他都基本参加了，他感到特别有意义，至今都让他记忆犹新。作为摄影爱好者，他还有点小兴奋地告诉我，尽管这些年走南闯北，但那次活动的摄影胶片他还始终珍藏在身边……

由鹏基工业发展总公司策划组织的“传承中国女排精神，重振中国女排雄风”的系列活动时，举办得十分成功，得到了国家体委有关部门、深圳市委市政府的赞赏和表扬，对于当时弘扬中国女排精神，重振

鹏基工业发展总公司捐赠的反映中国女排精神的雕塑《拼搏》，曾经竖立在深圳体育馆广场上

中国女排雄风，激发国人的爱国热情，激发中国女排的斗志具有相当重要的意义，社会各方面反应很好。

作为曾经的“鹏基人”，以前每次到深圳体育馆，我都会看看那尊刻画中国女排精神的雕塑作品《拼搏》。在深圳体育馆正门的南广场，有一尊雕塑作品《拼搏》，在体育馆众多的体育群雕中，该作品特别具有艺术张力。据说《拼搏》作者陈洪辉曾凭此作品获得了中国体育美术大展铜奖，并受邀出席北京亚运会。而这一作品就是鹏基总公司当年资助制作的。

有一种使命叫社会担当！早在八卦岭工业区开发进入决战时期的1985年9月，尚志安在接受记者采访时自信地说：“深圳市工业发展服务公司走过来的路子证明，改革必须敢于打破一些坛坛罐罐，不要怕出乱子，更不能回避困难。什么难，我就集中精力攻这个难。”“要把握现在以争取较好效益，要策划未来以求企业持续发展。”“企业在不断发展壮大中，还要把企业的社会责任和担当精神，作为企业文化和企业精神来培养和建设好。”

40年过去了，“工发人”一直不忘初心，恪守信念，坚持继承和发扬“工发公司”拓荒牛们的社会情怀和社会担当精神，并将其作为企业文化和企业精神，精心培育和发扬光大。

八卦岭有传说没有神话

这些年来，有一些没有真正了解“工发公司”历史的人，讹传、歪曲甚至蔑视“工发公司”那段辉煌的历史，还有极少数人一边继承、享受甚至挥霍着“工发公司”前辈艰苦奋斗传承下来的宝贵资源，却一边对艰苦创业的“工发公司”和第一批开发工业区的以尚志安为代表的“拓荒牛”们表现出不屑一顾的轻蔑。我们不少“鹏基人”，历来十分珍惜“深圳市工业发展服务公司”曾经的辉煌！我常常为公司那一批“拓荒牛”们用理想、激情和血汗创业的精神感动不已！我虽不是那一批拓荒者，但作为“工发公司”的后人，我也为自己曾经是他们创业和奉献的见证人和记录者而自豪。

那天采访现任深业鹏基南方集团公司董事长王明峰时，他的话让我十分感动。他说：“作为‘鹏基人’，我们必须时刻保持一种感恩的历史情怀，务必记住公司那段光荣与梦想的历史，务必不忘感恩思源，务必继承和发扬以共产党员尚志安为代表的‘工发公司’前辈们敢闯敢干、艰苦创业的拓荒牛精神，创造我们更辉煌的未来！”

是啊，不管我们怎么评说八卦岭工业区的历史变迁或蜕变，八卦岭工业区辉煌的开发历史、传奇故事和精神都是永存的！八卦岭工业区开发的成功，使“工发公司”一夜之间成为深圳经济特区工业区开发的一个典范，也给公司带来了相当好的经济效益和社会效益。然而，又有多少人知道，八卦岭工业区从规划设计、筹措资金到开发建设，尚志安经历过多么纠结与痛苦、艰难与曲折的选择呢?！

关于尚志安其人，有很多传说，但也有被神化了的。

某报道是这样“神话”尚志安的：“湖北人尚志安自从1980年走进深圳市政府，喊出‘给我政策，不要市委一分钱，我在荒山野岭的上步开辟出一个工业区来’以来，他已成功开发了上步工业区……”

此类文章根本不了解中国国情和当时的时代背景，不负责任信口雌黄。殊不知，当时的银行是“条条管理”的，为了让深圳的银行能给点贷款，市长梁湘同志亲自出面跟银行“说情”，银行都不怎么给面子，还要求财政局出具纸质担保呢！本来是一个充满正能量的改革开放题材故事，却被一个敢用实名的记者编造出一个狂妄大傻的“拓荒牛”尚志安……更让人哭笑不得的是，记者居然胡编“市工业发展服务公司……运用发行股票和债券的形式，筹集社会闲散资金”开发工业区。且不说发行股票与工业区开发的时间根本挂不上钩，殊不知，20世纪90年代初的鹏基总公司因为种种原因而跟不上股份制改造的时代步伐，乃“工发人”“鹏基人”的一大心头之痛啊！

在我采访创作《八卦岭》期间，一些当年跟随尚志安开发工业区的拓荒者，对类似个别媒体颠覆性地把尚志安和工业区拓荒史神化了的胡编乱写颇有不满！在前不久一次“工发公司”老员工茶叙会上，与会老同志对某一非虚构作品和媒体报道集体表示愤慨，认为有关部门必须对影响政府管理形象和特区拓荒者形象、神化甚至歪曲工业区开发历史的作品和不实报道进行管控……话说有一部非虚构小说，将公司15～20年后的人物几乎以真名示众，将时任董事长的真实照片原版发表，内文还编造主人公违法乱纪等情节，将一个原本是“拓荒牛”的主人公写成违法违规的反面形象……

八卦岭有传说，但传说并非神话。

尽管我们曾经多次听说过尚志安开发八卦岭工业区的动人传说，尽管现在的八卦岭人，很多还不知道开发八卦岭工业区的第一代人是一种怎样的精神境界，但是八卦岭现代化工业区的气血骨骼和八卦岭的精神气质还在，它会传唱最初可歌可泣的创业史，它将经年不朽，成为一代又一代传颂的动人传说，而传说中那些活灵活现的英雄人物，以及他们身上所蕴藏的艰苦创业、敢为天下先的特区精神，更会成为一代又一代深圳人继往开来、再创辉煌的精神财富。

因此，看着八卦岭工业区纵横交错和井然有序的时尚园区，我们能感受到当年八卦岭工业区是怎样的风光与辉煌，我们能感受到第一代“拓荒牛”当年那种无私奉献和艰苦创业的精神延绵永续……

不负好年华，砥砺而前行

——原深圳市工业发展服务公司副经理、鹏基工业发展总公司副总经理卢健民访谈录

直到36年后的今天，当我见到当年广东媒体报道的深圳经济特区最年轻的国有企业领导干部之一卢健民时，我还是忍不住重新提起《羊城晚报》那则关于他的报道。

卢健民听后爽朗一笑，笑容中掩饰不住当年少年得志的那份骄傲和自豪。

1

那是1984年的某一天，《羊城晚报》发表了一则关于深圳经济特区国有企业人事制度改革的报道，说的是深圳市推行干部人事制度改革，加强培养“四化”干部，重视年轻干部提拔工作（1984年党的十二大提出的干部队伍“四化”要求：革命化、年轻化、知识化、专业化）。一个叫卢健民的年轻人被破格提拔为深圳市属国有企业的副经理。提拔一个企业副经理，居然在《深圳特区报》《羊城晚报》等媒体上广泛宣传报道，这在董事长、总裁、总经理头衔遍地的今天看来简直不可思议。然而，在20世纪80年代中期，全国正在加大力度深化国有企业体制改革，强调加强选拔“四化”干部，试行“打破铁交椅、铁工资、铁饭碗”等改革。而成立不久的深圳经济特区，在国有企业干部人事制度改革上更有新的举措，经过国企人事体制改革试点工作，市委组织部开展国有企业领导制度改革试点工作，在政企不分的市直属企业——深圳市工业发展服务公司，提拔一个刚毕业工作几年的27岁年轻人任副经理，

1990年10月，时任深圳市鹏基工业发展总公司副总经理的卢健民考察江南地区，参观苏东坡纪念馆时英气勃发、豪情满怀

这在当时怎么说也算是一件新鲜事。

卢健民的故事，还得从1982年初说起。作为1977级大学毕业生，他从华南工学院（华南理工大学前身）毕业分配到深圳市政府办公厅。刚刚成立的深圳市政府，政通人和、百业待兴。很多职能部门机构在建立和调整，也正是人才紧缺、急切用人之时。市政府当时正出台有关“小政府、大社会”的改革举措，市经委被撤销改成市政府办公厅的“工交处”，卢健民被分配到办公厅的“工交处”工作。

当时的市政府人才十分缺乏，到处招兵买马，求才若渴，同时由于机构在不断调整重组或改革精简，一时间调进来的大批干部又没能妥善安排，大批内地干部和大学生被录用后，具体的任用单位和任职岗位都亟待安排，有些机关部门甚至还不知道怎么任用这些新招聘来的人才。刚成立的工交处，工作职能也还没能理顺，卢健民整天做一些与“理想”无关、与专业更是相差十万八千里的跑腿儿或“打散工班”等工作，这样“养精蓄锐”、无所事事，足足有8个月之久。

1982年初，市政府为了筑巢引凤，招商引资，决定大力开发工业区，成立了深圳市工业发展服务公司，后来又成立了深圳市八卦岭工业区基建工程指挥部，大概在当年的秋末冬初，卢健民被再分配到深圳市工业发展服务公司工作。当想起当年是最早一批到“工发公司”工作的情形时，他流露出一股“拓荒牛”的自豪感。卢健民说，你别小看这么个几个人的小公司，在当时它可是市政府直属的县处级国有企业，是当年唯一代表深圳市政府开发工业区和提供工业区开发服务的带有行政职能的公司。公司刚成立时连办公地点都设在市政府大院。

初到公司时，卢健民被安排在后勤部工作。一个理工科毕业的人被安排在后勤部工作，起初他心里很不情愿，心想：难不成要分配我当“伙头兵”不成？后来才知道后勤部其实包括很多方面的具体工作，当时公司有一个重点问题是，如何才能搞到钱来开发工业区？他的主要工作也是配合财务部门，争取银行批准贷款。那段时间，他从事的是与他专业完全无关的工作，但是他很努力，他觉得需要他学习和用劲儿的地方多着呢！

回忆起最初那段在工业区开发的日子，卢健民眉际间隐约流露出当年“找钱”的愁样儿来。他说：“公司那段日子十分难熬啊，市政府要求立即上马开发工业区，但只给政策不给钱，没有拨付开发资金，传说中那‘1万元开办费’，其实也是通过市政府借来的……”

我听后立即求证：“还真只有1万元啊？还是借来的？”

“是的，是市财政局借来的，公司总要有开销啊。”卢健民说，上步轻工业区开发初时，由于没有资金，曾经是公司后勤部干部的他，多数工作就是跑银行、缠行长，“求爷爷、告奶奶”，主要还是找钱。他说，现在的人们可能不理解，“你手中有整个工业区的地皮，怎么可

1985年，时任公司副经理的卢健民（右一）陪经理尚志安（右二）与深圳国际展览中心德国材料设备供应商签约（尚敏智　供图）

能还为钱发愁呢？”殊不知，在那个时候，银行还是属于“条条管理”的体制，地方的“块块管理”管不了银行，银行更不会轻易贷款给企业的，而地皮又是不能抵押贷款的。

工业区开发过程中需要资金，需要银行贷款，只能依靠市政府出面协调贷款。当时，为了开发工业区，市长梁湘同志不得不出面协调银行贷款，但是银行连市长的账也不买。在银行看来，你公司是有一块地啊，但你即便建好了厂房是否能保证有人来买啊？你怎么保证能按时归还银行贷款啊？银行由于直属上级银行管理，谁也不敢保证贷出去的款能够按时回笼。所以，第一笔贷款的前期款50万元，数额并不算大，比起上步轻工业区第一批开发的5栋厂房所需要的资金虽说杯水车薪，但当时可是该动用的行政资源都用上了。先是市长出面担保，然后提供公司已经签约的几家港商的办厂协议等等，最后才取得贷款，整个过程十分复杂和艰难。卢健民回忆说，那年天不作美，不但贷不到款，超强台风还袭击并毁掉了工地和临时生活区，一夜之间竹棚、茅舍被夷为平地，当时给大家的打击实在太大了，真的有些绝望的感觉。尽管如此，在工业区开发过程中，他们在市政府的领导和支持下，一步一步地走，一个困难接一个困难地解决，最后实现了“滚雪球式”地筹措资金的良性循环，这才从根本上解决了工业区开发的资金问题和发展问题。

说完这段故事，卢健民似乎像当年刚刚找到了一笔钱般如释重负，轻轻地舒了口气。

2

1983年冬天，尚志安开发工业区的激情点燃了公司所有踌躇满志的年轻人的心，在基本完成上步轻工业区前期整体工程的时候，他决定挥师八卦岭。

这个时候的卢健民，已经是总指挥尚志安的得力干将了。一年多前，刚从市政府办公厅来到工地不久，尚志安对这个勤快、憨厚的潮汕小伙儿就特别喜欢，觉得这小子有点像他当年的样儿，让他负责后勤服务和跑银行贷款。他时时处处尽忠尽责，兢兢业业，从不怠慢。有几次去北京协调工作，尚志安都特意带上他。

想起第二次随老尚赴北京，卢健民的脸上顿时泛起激动的神情。火车一路奔驰，车厢里尚志安和李祥彪彻夜长谈，作为小字辈，他在旁边静静地听，细细地思考。那天晚上他才第一次了解自己的上司尚志安原来这么有抱负、有眼光，觉得自己好幸运，觉得自己当初来深圳没错，到工业区下工地没错，跟着尚志安开荒辟岭开发工业区更是没错……卢健民说，当时不管干什么工作，都很有激情，领导说怎么干就怎么干，老尚常常是这样动员大家的：我们只有把工业区开发出来，才能招商引资，才能发展经济。在火车上的那一夜，他几乎一夜无眠。尽管这几十年来在他的身边发生了很多事情，但那次出差北京令他永远记忆犹新。

直到不久前，当他见到离别20多年的“老工发”李祥彪老哥时，他还不忘问问李祥彪：“您是否还记得那次我们陪老尚北上出差时在列车上的情景？”

李祥彪听了，哈哈开怀大笑：“当然记得了，我当时还没真正调入‘工发公司’，就被尚志安火急火燎地直接拉上了火车出差。那天夜里，你一直在上铺伸出头来听我们说话，是我催你：年轻人别那么辛苦，睡觉去吧！哈哈……”

李祥彪从广州调入“工发公司”后，一直跟随尚志安南征北战，从上步到八卦岭，再到莲塘工业区，直到退休。

在谈到尚志安的知遇之恩时，卢健民感激之情溢于言表。他说自从他来到上步轻工业区工作，尚志安就很关心他，几年来常常带他下工地、出远差。尚志安常常有意给他压担子，给他比其他同事更多的锻炼机会，让他学会分担一方、独当一面，让他学会去处理和解决自己分内工作的困难和问题……到了1984年，工业区开发已经进入热火朝天的时期，公司的经营也进入蒸蒸日上的局面，27岁的卢健民在这个重要节点上被提拔为副经理，当了尚志安的得力助手。

卢健民说，尚志安是一个心怀大志而且雷厉风行的人。在尚志安身边工作，你的神经必须时刻绷紧工作这根弦儿。他说他那些年在尚志安身边，从他身上确实学到了不少东西，包括他的高尚品德、优良作风和埋头苦干的精神。尚志安既有西北汉子的粗犷和大气，又有广州人的谨慎和细心，批评你时疾风骤雨，缓过气来又会让人感觉到和风细雨暖人心。那些年他没少挨老尚的批和骂啊，当时常常觉得有点委屈，现在想来那都是领导的栽培和鞭策，是人生丰富的历练啊！

据我对20世纪80年代企业界的了解，80年代中期，国家经委大力深化国有企业改革，强调提高企业管理者的现代化管理水平，广东省经委管辖的整个工交系统当时盛行学习西方“18种现代化管理方法”和企业管理知识。本人当年就曾经作为广东省经委企协“18种现代化管理方法巡讲团”的随团记者，到全省各县采访。

今天，当我和卢健民谈到尚志安的工作作风、拼搏精神和企业管理水平时，卢健民感慨地说：“现在来说，尚志安作为20世纪80年代的企业管理者，他就已经是一个具有开拓创新精神和有格局的企业领导人了。他当时对企业的改革与发展，就已经有一种前瞻意识和创新精神。尚志安本人那么忙，但自己很爱钻研学习，他喜欢阅读管理书籍并学以致用，把现代化管理方法应用于公司的管理实践中。他很重视人才的培养，当时就请了各大学的教授学者来公司办班讲课，1985年前后，公司聘请了如温元凯、端木正、叶春生、陈树白等十几位专家学者担任公司顾问，组织了近20期企业管理等方面的培训，参加各种培训班的人数达2000人次，当时的公司有一套员工培训计划和学习管理制度，公司上下学习管理知识蔚然成风。”

回想起那个年代公司的学习风气和管理气氛，卢健民对尚志安更是深深地敬佩和由衷地感激。

3

在谈到上步轻工业区的开发时，卢健民感慨万千。

他说：“那个时候，几个人跟着尚志安开发工业区，不知道从哪里来的那股劲儿，风餐露宿、起早贪黑，我们从来不计较个人报酬，每天就是一门心思扑在工作上，几个人拧成一股绳，与尚志安保持着绝对的行动一致。最近我常常想起那段大干苦干的日子，觉得是有一种精神和信念在支撑着我们，这种精神就是我们现在说的‘特区精神’和‘拓荒牛精神’，这种信念就是长期以来接受党的教育而树立起来的崇高理想和远大抱负。我们当年为什么要来深圳建设特区？来深圳就是带着理想来的，就是准备好要敢闯敢干、埋头苦干的，这种感情当时是很朴素的，完全没有掺杂任何私心杂念。”

他激动地说完了这段话，然后又陷入了深深的回忆之中。他抬头遥望着远方，眼光好像定格在远处那栋高高的东海中心大厦，久久没有再说一句话。

我尝试着换一个轻松的话题，让他回到我们愉快的重逢时光。

“说起来有26年了，我记得那年应该是1995年左右吧，我离开八卦岭的时候，鹏基集团高层正在‘大换血’，而您还在鹏基集团副总的高位上稳妥地指挥着千军万马呢……”我说。

“哦。谈不上指挥千军万马，但‘稳妥’却切合实际。我是1996年离开的鹏基集团，市委组织部任命我到市免税集团任职。”他说，“接到任命书要离开鹏基的时候，我才真正知道我是多么热爱‘工发公司’、多么热爱八卦岭工业区……我离开鹏基时十分伤感，毕竟我有15年的美好时光洒落在那里，那里有我对组织的承诺和对自己成长的记录。离开鹏基，我当时流过多少眼泪只有我自己知道！我是多么舍不得鹏基也只有我自己知道……”

听着他更加激动的话语，我突然也受了感染，虽然不曾在高位，但我对八卦岭也是倾注了深深的眷恋之情的！我想我当时很理解卢健民的“伤感”，本来想让他轻松一点的，却没想到更是牵动了他的离愁别绪。于是，我们还是索性往下谈呗，都是老男儿了，反正只要扯往事怎么都离不开伤感了。

于是我把我的“八卦岭之春”项目创意一五一十地向老领导做了详细汇报。我告诉他，很多年来，我有一个愿望，就是想用影像和文字再现工业区开发初期那段历史，让更多的新深圳人能够了解他们那段激情燃烧的岁月，能够记住和传承他们那种忘我苦干、无私奉献的精神……

卢健民显然被我的创意感动了。

那天下午，我们畅谈着，一直谈到太阳西斜……

原“工发公司”副经理、鹏基工业发展总公司副总经理卢健民，接受本书作者采访

那次畅谈后过后几天，我从老同事们的电话中得知，卢健民为了我的“八卦岭之春”做了很多我自己都不知道的协调和支持。在不久前的一次老同事聚会中他的发言，更让我感动。他说：“有人要来帮我们把‘工发公司’开发工业区这段历史重现出来，让我们来重温一下‘工发公司’开发工业区的历史。这个人就是何良。其实他跟‘工发公司’不像我们是那种很深的关系，论时间，何良是1991年才来的鹏基，不像我和你们从一开始或早期就在‘工发公司’开荒，对这一段艰苦创业历史有一种深厚的情怀。我们几个人把它搞起来，从无到有，对工业区有很深的感情。我说过，我离开鹏基背后流过多少眼泪没人知道，我们舍不得鹏基啊，我们是有情结的。这么多年过去了，这些久远的历史已经差不多没人提起了。今天，何良居然要花这么大的精力、这么多的心血，来把老‘工发’那一段创业历史挖掘出来，帮我们重新审视和回忆那段激情燃烧的创业岁月，让我们重温和分享我的青春荡漾和追梦筑梦的时

光，来回顾以尚志安为代表的‘工发公司’第一代拓荒者克服困难、艰苦创业的艰难而辉煌的历史，令我十分感动。所以何良说要采访我，我说我一定全力支持，我们都是这段历史的见证人和创造者，我们也有责任把这段历史重现给后人，我理应责无旁贷支持他做好这件很有历史意义的事。我很愿意配合他把这段创业历史挖掘、还原出来奉献给社会，让新老‘工发人’乃至深圳人重温和了解特区这段创业史，继承特区‘拓荒牛’们敢闯敢试、敢为人先、埋头苦干的特区精神……”

4

光阴似箭，岁月如歌。40年后的今天，当回想在老领导尚志安带领下艰苦创业、创造和树立深圳工业区开发标杆的岁月，卢健民隐隐约约有一些嗟叹岁月无情、深切怀念故人的伤感。多年来与老领导共事，尽管也免不了偶然被训斥，甚或磕磕碰碰、面红耳赤，但毕竟初心同在、志同道合，最终还是春风化雨、深情感恩。

一路走来，既有风雨飘摇，更多丽日蓝天。上步轻工业区、八卦岭工业区到莲塘工业区开发的历史，虽艰难曲折但始终一路高歌。用卢健民的话说，不管创业道路多么艰难，不管过程多么曲折，我们最终还是无怨无悔，无愧于青春，更无愧于伟大的时代。

20多年以后的今天，再见到卢健民，他给我的印象仍然是当年风华正茂时的文质彬彬、和蔼谦恭却又豪情满怀的样子。尽管当年离开八卦岭工业区有万分不舍，尽管事业与生活一样免不了有来自客观或外部的变数，尽管当年创业的情怀仍常常在胸间款款回荡，但卢健民时刻都保持一种沉稳平常的心情，时刻都表现出一种豁达从容的态度，正是这种心态，让他在风风雨雨的40年中，不忘初心，坚定信念，坚持不懈，砥砺前行。

20世纪**80年代**的八卦岭工业区，成千上万的企业在这里入驻、**孵化**、**创业和发展**，成千上万的青工在这里**寻梦**、**筑梦**、**追梦和圆梦**。

第三章

从声名鹊起，到“凤凰涅槃”

红岭北路一号大院

红岭北路一号，在二十世纪八九十年代的深圳，可以说是一处不开放的“名胜”。

它是一个相当优雅美丽且有点神秘色彩的大院，是深圳市工业发展服务公司的办公所在地。这块地方，是在已撤走的某部队营房基础上逐步修建而成的。直至20世纪90年代初期，我印象中当时大院的饭堂基本上还是沿用比较简陋的平房，饭堂的前后有密密麻麻的乔木果树，有菠萝蜜、木麻黄、大叶桉、小叶桉、大叶榕、小叶榕等，整个大院后来修建成土洋建筑结合的办公大院。大院里有一幢两层小洋楼，亭台水榭旁边是一个漂亮的小湖，有人说是自然湖，也有人说是部队挖的人工湖，湖岸一圈长有婆娑杨柳，丝丝垂绿，颇具诗意。亭间湖边，环境十分幽雅清静，宛如画中仙境，常常会有人在此聊天和漫步。

“工发公司”老员工方容，自1984年从海南调入，一直在公司办公室、资料室工作，直到退休。她介绍说：“这个大院是在部队兵营的基础上改建的。那些年，我们在这里办公，并用竹子搭起了员工竹棚宿舍，但不久又被强台风夷为平地，后来我们又重新搭建……当时我们几个单身姑娘住在‘营房’的最后一排最后一间房。因为当时的条件有限，生活有诸多不便。有许多担心害怕的事，但后来也有得到帮助的快乐，让我终生难忘。譬如一开始我们的公共洗澡间是竹篾搭盖的，男女洗澡房之间也只是用竹篾分隔，每次洗澡，我们总是提心吊胆。后来同在一排营房的中日租赁公司的胡师傅知道了，帮我们用机器包装箱的木

1985年，从深南中路与上步路交叉口俯瞰“工发公司”开发的上步轻工业区和八卦岭工业区远景（何煌友　摄）

条在我们住房旁边钉了一间简易无顶棚的露天澡房，从而避免了被偷窥的担心。”

谈到大院的环境，方容说她最喜欢的是大院东南边的湖边小路和亭榭美景。湖边多别致的亭台楼阁，其中数“展宏阁”最为闻名，它曾经接待过国内外各界不少要员和贵宾，乃当时一处胜地。每次走到湖边散步，常常会想起在广州植物园游览的情景，以前总是羡慕植物园、公园工人的工作环境，没想到自己现在也实现了美梦，也在仙境般的环境

1986年，位于红岭北路一号的“深圳市工业发展服务公司”办公大院（深业鹏基南方集团　供图）

中工作和生活了。很多年以后，她听说那里是八卦岭规划中的公园，怪不得有那么漂亮的规划和布局。其实，建设这么好的园林大院，不仅仅是为建设者自己设计的，同时还为八卦岭工业区招商引资提供优美的环境，是有政治远见和文化情怀的，可见当时的规划设计者和领导者是多么有眼光。后来，记不住什么时候开始，也不知道是什么原因，那公园美景悄悄地消失了，美丽的亭台湖榭、假山流水和小洋楼悄悄没有了。留下的只有回忆、怀念和遗憾……

档案管理员余翠英说，她刚到八卦岭的时候，应该是“工发公司”

最鼎盛的时期。八卦岭红岭北路一号的办公用房是原来的部队营房，顺坡地而建，错落有致，掩映在高大茂密的树木之中。公司院内那个人工湖，湖中的亭台曲桥、水榭假山，给大院增添了几分园林美感，是员工和来宾散步交流、游览留影的好去处。后勤部的职工食堂、医务室、理发室等为员工提供温暖贴心服务的设施都在院内。游泳池、篮球场等场所一应俱全，丰富了员工以及八卦岭“打工仔”“打工妹”的业余生活。整个公司大院，除了没有派出所，似乎是一个小社会。

因为我也曾在这个大院里工作了4年。那年走进大院，看到这么优美的环境，我感到十分荣幸。在这个大院，我当了4年的党委领导秘书，也经历了不少让我终生难忘的事情，后来对这个大院也有深深的眷恋。

有很长一段时间，我对拆掉和放弃了大院的做法很是不解！在我看来，“红岭北路一号大院”是八卦岭第一代“拓荒牛”们，也就是“工发公司”的“祖宗们”留给公司后人的“宅基地”，那可是一块风水宝地！我以为，如果我们是有历史情怀和文化情怀的后来人，应该千方百计争取和保护好这块风水宝地，或作为公司“老宅”传承于后人，或作为公司、工业区的“历史博物馆”传承于社会。这才叫有情怀有格局有眼光。

记得20世纪80年代末的某一天，我带着几个省城报刊记者来采访八卦岭工业区，看到当时这块“风水宝地”，大家都特别惊羡，赞叹不已。那次采访时听说，最新出版的深圳市区地图印有从飞机上俯瞰可见的市内几处难得的人工湖院景，“红岭北路一号大院”算是榜上有名。当我1991年成为这个大院的一名员工时，我就想起我采访中，很多“工发人、鹏基人”都说过的一句话：“你不知道，那个时候做个‘工发公司’员工有多自豪”……

工业区一夜声名鹊起

成立于1982年2月的深圳市工业发展服务公司，凭着1万元的开办费和几个拓荒者，经过近4年的不懈奋斗和艰难发展，到1985年底，已经基本完成了全市五个重点工业区中的两个工业区的开发和建设，招商引资工作也取得了超预期的成果，为深圳经济特区招商引资、外引内联，进一步扩大改革开放发挥了示范与服务作用。

这个时期的“工发公司”，同时拥有市区内两个政府全资独立开发的大工业区，并率先成立了工业区管理公司，招商引资的很多企业多为行业翘楚，不少世界知名的外企也争相入驻，内联的企业既有国家部委的下属企业，也有不少各省市先进企业的分公司。

1984年中开始，八卦岭工业区的108万平方米土地同时进行征用赔偿（约400多万元），基础工程开发、标准厂房专业厂房建设及招商与出售，都到达或超过预期目标。到1985年底，八卦岭工业区共投入开发资金1.6亿元，实现销售收入1.1亿元，实现利润1360万元。

据资料记载，到了1985年底，“工发公司”从1万元启动资金，发展到拥有2.3亿元总资产，净资产7800万元，银行借款5200万元，负债率67%，销售收入2.26亿元，实现利润3544万元。其中，公司本部房地产资产1.45亿元，占总资产63%，销售收入1.9亿元，占总销售收入84%，利润3500万元，占总利润的98%。本部34家企业，总资产8500万元，利润才44万元，虽说绝大部分企业因经济规模小，产品档次低，经济效益不很理想，但从总体上说，当时公司的开发和经营情况是十分喜人的，而且

深圳市工业发展服务公司早期办公楼（深业鹏基南方集团　供图）

企业的体量也越来越大。到了1985年底，“工发公司”经过3年的开发建设、艰苦经营和发展扩张，已经跨进了当时“深圳市属企业八强”之行列。

这样一个白手起家的企业，不但为深圳市招商引资开发了两个独具规模的工业区，还在资金匮乏的困境中实现了无债经营，这在当时全国已经开始紧缩银根、控制信贷之时，对于减少国家财政压力，加速资金回笼，加快深圳经济特区改革开放步伐，起到了十分重要的先导示范作用，其意义相当重大。在深圳市政府急于开发工业区、扩大开放、招商引资、发展经济的当时，“工发公司”实际上已经是媒体的聚焦点，其发展历程很快就被演绎成“一夜传奇”……

36年前担任“工发公司”副经理的卢健民，在回忆公司那一高光时

1985年4月，尚志安带领公司领导班子成员考察莲塘工业区开发前现场

段时自豪地说："那个时候的公司，样样事儿都很顺利，开发口建设施工顺利、按时交付使用，经营管理口运营渠道顺畅、资金回流正常，招商引资口天天洽谈项目，好项目一个赛过一个。公司天天有好消息，老尚这个时候一边忙于洽谈项目、布局企业，同时未雨绸缪，正在筹划莲塘工业区的开发，忙得不可开交。1985年4月，公司领导尚志安、刘俊达等在八卦岭工业区施工验收、招商引资和企业运营等千头万绪之中，再次考察开发前的莲塘工业区。梁湘、周鼎、周溪舞等市领导多次考察八卦岭工业区，并多次表扬'工发公司'两个工业区的开发建设和招商引

1985年4月，尚志安考察开发前的莲塘工业区

资工作。当时我们公司已经成为深圳经济特区的明星企业，工业区也一夜之间声名鹊起。”

曾任深业鹏基南方集团工会主席的余旭升，在回忆当年公司红火的情景时有趣地说：“你知道当时的‘工发公司’有多出名吗？省市领导甚至国家部委领导来深圳视察都要来看看八卦岭工业区。有一次，老总尚志安出差陕西洽谈项目时，陕西方面居然在机场铺着红地毯热烈欢迎。为什么深圳一个国有企业这么有名气，这么受欢迎？因为八卦岭工业区不是吹出来的，‘工发公司’也不是徒有其名的，而是尚志安带领大家敢想敢闯、艰苦奋斗出来的，是干出来的！我们那个时候，一天到晚想的就是如何把工业区尽快拿出来，不只因为市委领导给压力，更重要的是我们自己有一种精神有一个目标，我们要为深圳经济特区招商引资创造投资环境，要为发展特区经济探索一条路子。其实，感情很朴实，想法很简单。”

20世纪80年代的八卦岭工业区，数以千计的企业在这里入驻、孵化、创业和发展，成千上万的青工在这里寻梦、筑梦、追梦和圆梦。这里是深圳经济特区改革开放的一个重要聚焦点和高光区，也是深圳市改革开放的一个缩影，更是中国社会转型期的一幅“清明上河图”。

名企商贾纷至沓来

1985年前后的八卦岭工业区，可谓商贾云集、宾朋满座。“工发公司”紧紧抓住基本完成基础设施和厂房建设的时机，通过边建边卖等“滚雪球”的方式，开展各种形式的招商引资活动，吸引了国内外八方客商纷至沓来，一时间，标准化的厂房供不应求。

至1985年9月，上步轻工业区已有84家中外合资企业和市内企业进入，其中工业企业74家，占88%，已投产的企业已有30多家。企业计划总投资1.7亿元，已投入1.2亿元，占总投资的70.6%，大部分的投产企业都做到当年投产当年获利。

在众多入驻八卦岭工业区的企业中，很让我感动的是“荣生企业有限公司”。1984年，尚志安参加主持首期工程开工典礼的荣生企业有限公司，如今在八卦三路88号已经建起了独领风骚的“荣生大厦”，据说深圳市软件园福田分园就设在那里，那里入驻了很多高科技产业企业。然而，谁能知道这近40年来，荣生公司坚持驻扎八卦岭工业区，经历了多少磨难、冲破了多少险关，怎样不忘初心、坚持不懈、克服困难、勇往直前，才能走向今日的辉煌？

1984年入驻八卦岭工业区的中日合资企业“美光彩色印刷股份有限公司”，是一个当年入园较早、规模较大的优秀印刷企业。据深圳印刷行业协会原会长，时任该公司中方代表、董事长的李秋光先生回忆：20世纪80年代的八卦岭工业区，已经成为全国印刷装备最先进、最齐全、拥有量最多的印刷产业基地，当时流传的“北书南印”现象主要是指八

荣生公司，自20世纪80年代进驻八卦岭工业区，一直不忘初心，坚持创业发展，至今已成为颇具规模的企业。图为2020年，作为福田高新技术创业中心八卦岭基地的荣生大厦

卦岭工业区的印刷业。50多年献身印刷事业的李秋光老先生，在我的采访中随口就能讲出八卦岭工业区印刷行业的很多动人故事，在担任合资企业董事长期间，他爱厂如爱家、爱工人如爱子，至今近40年过去了，当年那些青工，如今个个都已经是60岁左右的老人了，然而，每逢9月6日李叔生日，当年的青工们都要到远在平湖的李叔家为他庆贺生日，年年如此，情谊满满。那天，由我牵头发起的“美光”老青工齐聚八卦岭工业区叙旧的活动，场面十分感人，让我真实感受到什么叫“感恩”、什么叫“真情”。

八卦岭工业区印刷业的今昔对比，最能让人想到时光荏苒、沧海桑田。谁能想到，昔日号称“十步之内，必有印家”的八卦岭工业区印刷

1995年12月，八卦岭工业区中日合资企业美光印刷厂员工在晒版房看片（彭艳蓉　供图）

王国，随着产业转型升级，陆续搬离八卦岭。

1985年11月1日，八卦岭第一家港资企业——著名的香港上市公司南雀制衣集团在内地的分公司正式投产。整个过程包括从谈判、入驻、招工到投产，只用了短短几个月时间，其中包括到汕头澄海、揭阳等地招工，50多个日夜安装制衣设备，投产当月便生产出世界名牌“蓝鸟服装”。

1986年，日本精工爱普生公司在八卦岭工业区成立外商独资公司。这是一家世界著名的打印机厂家。这一厂家一进入并投产，深圳乃至全国成千上万家公司的办公打印设备便进入颠覆性的更新换代时期。之后，日本精工公司及其系列产品便由此进入深圳。同年引进的精工业信集团旗下的业信技术（深圳）公司，在八卦岭工业区购置厂房、招工生产，工人数达到近400人。当年4月试业投产，11月就达到产品月产量23万台，产品合格率达97%。不过几年，日本东芝、爱普森等世界著名品牌都纷纷入驻八卦岭，据不完全统计，20世纪90年代的鼎盛时期，印刷类企业数量达到千家之多。几乎是一夜之间，八卦岭工业区迅速发展成为全国的印刷业重镇，整个八卦岭工业区，印刷业的发展如雨后春笋，尤其是日本企业进驻和发展最快。

1987年，“工发公司”本部经过市场分析，认定液晶显示器材具有较好的市场发展前景。于是跟踪液晶显示项目，并采取当时十分“冒险”的“外商技术入股”的合资形式进行谈判，与美国企业合资生产点阵液晶显示器，成立晶华公司，由美方引进生产技术软件，折股30%，中方提供厂房及75万美元的投资，占股70%。项目方案取得了市政府支持并立项通过，这一合资方式当时在全国还是第一例。从1987年开始筹建，成功引进液晶显示器生产线，1989年开始生产获利，每年利润均有大幅度提高。1993年合资公司获利530万元，年出口创汇100万美元，工业销售利润率达30%，产品被评为名优产品。晶华公司后来成为鹏基集团本部的龙头企业。

1989年，深圳国际展览中心正式开展。深圳国际展览中心被公认为目前闻名中外的深圳国际会展业扬帆海外的首航之舟。当年，“工发公司”项目谈判团队，跟英国的ICE集团合资兴办“深圳国际展览中心”项目，从正式洽谈到达成协议，仅用了四天时间。这个项目是国内与国外会展业合作的第一个尝试，也是深圳人在深圳国际会展业中所谓“第一个吃螃蟹”之作。当年，深圳国际展览中心的每一个展会、每一场活动都是国际性的，都是深圳乃至中国的重要新闻。

“深圳国际展览中心”项目总投资为1600万美元，建筑面积为2500平方米，全套引进国外设备。自1989年开展，截至1995年6月，共举办各

位于八卦岭工业区的家居装饰大楼外景（马庆芳　摄）

种展览会、交易会、博览会、展销会等130多个，共有50多个国家的客商前来参展。话说回来，尽管当年的深圳国展中心在发展中遇到了一些挫折，以致于它未能按照预期发展下去。但是，当年的这一创新策划和大胆尝试，实际上为后来深圳会展业的发展进行了先行探索，并提供了很多宝贵的经验。当今天我们为已经走向世界的深圳会展业感到骄傲和自豪时，我们不可忘记当年在深圳会展行业进行先行探索的“拓荒牛”前辈们所作的艰难探索和不懈努力。

1992年7月，“工发公司”本部与日本企业合资兴办的中和光学公司，引进了具有20世纪90年代国际先进水平的光纤连接器生产线，填补了国内空白，被市里评为高新技术项目，也是鹏基系统唯一的高新技术企业，并代表市里参加珠江三角洲高新技术展览会。该项目实现当年签约、当年投产、当年获利的目标。1994年上半年已实现利润100多万元，产品打入香港电讯公司、美国电报电话公司，已成为一个具有较好发展前景的外向型企业。

20世纪80年代的八卦岭工业区，入驻一批又一批优秀企业，既有中华汽车、荣生精细化工集团、少林可乐，又有华仪公司、快乐冷冻公司等本部引进企业。后来又陆续引入诸多名企，如创维、平安、安吉尔等大品牌。更有蓝鸟、天诚、安奈儿、欧柏兰奴等优秀的服装品牌，家居装饰业的马可波罗、道格拉斯、诺贝尔等更是至今长盛不衰的瓷砖品牌。

从1984年开始，“工发公司”本部根据一业为主、多业并举的方针，重视发展第三产业，相继兴办了上林苑、振兴两家酒店，兴办国际建机、中发两家租赁公司，成立为工业区配套服务的上步管理公司。这几家公司在当时的运营中都显示出很好的市场发展前景，也取得了较好的经济效益。

创造多个“中国第一”的先科

值得骄傲的是，我国第一张LD视盘和CD唱盘诞生于八卦岭工业区。

叶华明，1983年从国家航天部调来深圳科委工作，1984年初被任命为深圳科委主任，1984年5月创建深圳先科技术开发公司并任董事长。

1986年6月的某一天，先科公司在八卦岭工业区打下了第一根桩，从此掀开了八卦岭工业区先科大院建设和先科辉煌事业的序幕。1988年深飞公司正式成立，激光厂房的基础建设基本完工，1988年8月飞利浦的LD生产设备海运抵达中国香港。1989年10月，第一张合格的激光视盘在深飞诞生。1990年8月16日，先科为第11届亚运会制作第一张“第11届亚运会歌曲纪念金碟”，同年11月制作诞生中国第一张CD“亚洲雄风”。1991年3月诞生中国第一张LD视盘“红楼梦”。

从此，中国有了自己的光盘产业，中国成为继荷兰、日本、法国之外的第四个能自主生产LD视盘和CD音盘的国家。1991年10月12日，深飞激光公司正式投产，成为国内唯一的激光视盘产品生产基地。1993年9月7日，由先科出品的“巨人之声——毛泽东”激光音盘向全国发行。这是我国第一张经党中央批准用激光技术再现毛主席原始讲话录音的盘，在当时引起了极大的反响。

从先科公司到先科集团，从1984年5个科技人员、5000元起家，叶华明带领他的“先科人”，经过20年发展，先科集团的总资产达到20亿元，员工达3000人，产品销售额保持在3亿—5亿元，曾进入全国电子百强。当年的先科集团，已达到年产500万张激光唱盘、5万台激光放送机和150万张激光视盘、5万台激光视唱盘复合放送机的生产能力……

叶华明在短短的20年里，创造了激光科技产业的多个“中国第一”。

值得一提的是，叶华明生前说过他有很多遗憾，但他最大的遗憾是未能在有生之年，让超大规模集成电路项目在深圳八卦岭工业区落户。

先科“超大”项目，本来已获得原国家计委正式批准立项，来之不易，后来却因为种种人为原因夭折于襁褓之中。叶华明生前在其《先科的故事》一书中，不无遗憾地写道：“超大规模集成电路作为当时超大项目，于2002年6月由国家信息产业部主持专家评审通过，于同年9月由国家计委专项报请总理办公会议研究，并于11月正式批准立项。整个申报过程来之不易。”叶华明推断：“由于深圳错失这一良机，深圳市乃至广东省的信息产业经济将不会有‘芯’了。”这是他在先科工作20年最大的遗憾。这也许不仅仅是叶华明同志的最大遗憾，应该也是深圳人民甚至国家科技事业的一大遗憾。

我也有一大遗憾，就是一直没有采访到叶华明先生。当年在八卦岭工业区工作时由于种种原因，一直没拜访先科，后来到了市委机关工作，因为协调“巨人之声——毛泽东”激光音盘相关工作到过先科集团，与叶华明仅是匆匆一见。这些年，通过直接间接的联系，听说过叶华明先生很多创业路上的动人故事，我与叶华明已是神交多年，当年我若是登门拜访想必成忘年之交，此乃我的一大遗憾。

在入驻八卦岭工业区的众多企业中，真正纯“国字头”的大型科技集团，当时也许只有先科。可惜2004年前后的先科集团，在“国企改制”中错失发展良机，不但没有焕发生机活力，反而屡伤元气，其结果令人十分惋惜。

从八卦岭腾飞的世界品牌

“八卦岭，是深圳工业发展的重要摇篮。”在电话采访中，创维集团创始人黄宏生激动地对我说。

已经很多年没见到黄宏生了，尽管我天天都能够在家里享用创维电视收看新闻联播，但想约见黄老板实在太难了。2021年，我的“八卦岭之春——深圳大型工业区开发历史纪实摄影展”开幕，黄宏生说好了到场致辞的，一个遥远的电话又轻易地放了我“鸽子”，他忙！我理解，创维新的节能汽车项目正在紧张洽谈，一切都等着他呢！凭我多年来对创维的关注，以及海量的网上报道资料，对创维粗描淡写，并不难！若要真正写好曲折发展的创维“神话”，要写出黄宏生对理想信念和民族工业的那份执着追求，那就非常难！自然，我的电话采访只能是一个简要的流水梗概了。

很多人写八卦岭，包括我都不会忘记创维，因为它是从八卦岭腾飞出去的一只“金凤凰”。但我更知道，淳朴憨厚的黄宏生，从来都感恩八卦岭这片在他最需要的时候让他实现梦想的热土。

话说在创业初期的1988年，黄宏生的创维在华强北路原来的电子部招待所，迪富宾馆的二楼储藏室创业成立，创维集团创始人黄宏生带着1个助手、2名工程师艰难起步。

千头万绪不知从何入手的黄宏生，与往常一样，一有空就琢磨那几方寸的电视机，随着电视机的“雪花纷飞”，突然，脑海里划过一束亮光……当时的电视机基本没有遥控功能，许多中小型工厂也没有技术能

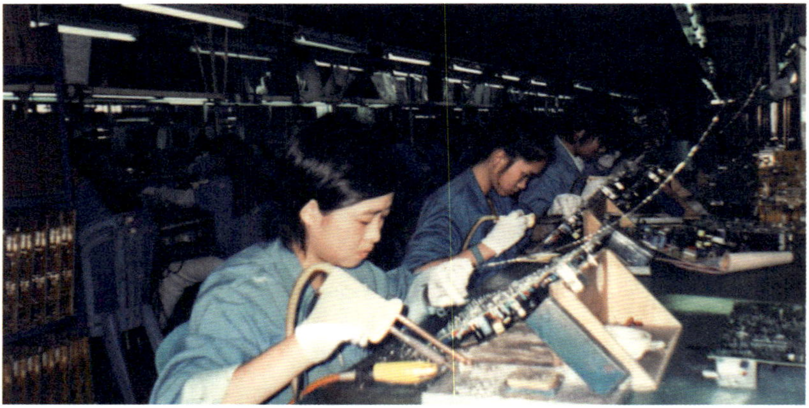

20世纪90年代，八卦岭创维-RGB总部的生产线（创维集团 供图）

力研发遥控技术，一向思维敏锐的黄宏生意识到遥控器将给电视带来一线新的曙光。于是，他重拾大学所学的无线电专业，建起了遥控器研究所，自己设计图纸，试着做了几个模型样板，最终获得了成功。就这样，创维从产品入手，生产电视机遥控器，产品由此声名大噪，订单随之纷至沓来，甚至一度供不应求。尤为可喜的是国内不少大品牌如南京的“熊猫”、重庆的“金雀”等都成了创维遥控器的大客户，创维从此成为中国最大的遥控器生产商，终于赚到了创业的“第一桶金”，稳妥地成为中国遥控器大王，在中国电视制造业站稳了脚跟。

1990年，创维成功迁驻八卦岭工业区，并与中国深圳彩色电视总公司、中国电子器件工业总公司合资成立了深圳创维-RGB电子有限公司。黄宏生借助银行贷款，共投入3亿元，拥有了51%的股份，由此开始在中国彩电市场上“霸气十足”地亮出创维-RGB的品牌。

我问他，当年年纪轻轻，他何来的创业自信？

黄宏生憨憨一笑："电视是技术性的实业，如果说自信，应该就是来自当时我舍得技术研发的投入，强大的技术支撑就是我的自信。"为确保创维在技术上不断有新的突破，黄宏生陆续投入了5000多万元。包括成立了创维电视研究中心，以科技人才智力入股、科技成果入股等方式，重金从欧美、中东、东南亚聘请了近百名技术精英，专门从事尖端技术的攻关，并将每年销售额的5%投入科技开发，形成了广纳人才、技术领先的机制，正是这人才和科技，让创维腾飞具有足够的自信，使得创维的科技开发思想直指世界最新潮流。

黄宏生说，还得感恩1992年以后我国迎来了一个崭新的大时代，使国内民营企业创业和发展具有更加宽松的经济环境、政策环境和舆论环境，给中国企业家开拓、创业和发展创造了一个自主创新、自由宽松的舞台。从此，创维便真正拉开了腾飞的序幕：

1993年，创维在国内外率先推出了多制式的国际线路电视。

1994年，创维首先推出了第三代大规模集成电路彩色电视。

1995年，创维制造的"霹雳神"系列超重低音彩电，打破了国外电视在听觉技术上的垄断。

1996年，创维在全国最先研制成功"丽音"系列彩电，其中"2150丽音全球通"可以在任何国家接收任何制式的伴音广播。

1997年，创维又于国内实现零的突破。它所推出的多媒体彩电通过了电子部和清华大学联合进行的部级鉴定，迈出了国内电视电脑一体化的重要一步。之后，数字电视"丽音"系列、"数码100赫斯"系列、数字电视"十画面"系列等均以无可比拟的优势，给国人带来一连串的震撼。

技术上的一路领先，为创维不断开拓出新的市场空间。同时，黄宏生又将与凌厉攻势相配套的营销和维修网络迅速在全国铺开，通过完善的服务和独特的促销手段，进一步巩固商业势力范围，确保了创维在销售排行榜上稳步上升。

早在1988年，黄宏生在一片惊讶的目光中辞去了华南进出口公司常务副总经理的职位，只身前往香港，开始为理想寻找实现的契机。与很多创业者一样，黄宏生走的是一条艰辛、曲折的路子。但是，黄宏生也很幸运，1993年到1997年，他仅用了5年的时间，便使创维步入了理想的运行轨道。仅用短短几年，使创维的年销售额超过20亿元。在当年全国电子百强企业排行榜上，由第34位跃升到第23位。

1998年，创维产销量位列同行业第四，进入行业领军的第一阵营。

1999年，创维在全国重点院校大批招聘优秀大学生，解决了企业人才短缺的问题，为企业科技创新打下坚实的人才基础。

2000年，创维集团在香港主板上市，解决了企业规模化发展面临的资金问题。当年，集团营业额创下38.19亿港元。

2003年，随着创维全球市场的大幅增长，八卦岭工业区的基地规模已远远不能满足发展的需求，创维只好陆续在宝安区建成工业园，在南山区科技园建成研发中心基地。2003年，公司整体搬迁，告别八卦岭工业区走向更大的历史舞台。

说到这里，黄宏生一再强调："创维这一世界性的腾飞，来自八卦岭的风水与孵育。"

从1988年到2003年在八卦岭工业区的15年间，在八卦岭这片热土上，创维种下了希望的种子、发展的种子，从4名员工发展到180人的产线，从全年营业额五六百万元发展到80.02亿港元的规模。那些年，创维所有项目都红红火火，蒸蒸日上。

想到这里，黄宏生只是轻轻地叹了一口气，但这一口气里我读出了他的甜酸苦辣和万千感慨。

创维的每一步成功，无不凝聚了黄宏生以人为本的精神心血，无不

创维集团董事长黄宏生接待外宾（创维集团　供图）

凸显黄宏生技术先导的思想精髓。早在大学时代，黄宏生在读电子工业专业的时候就十分痴迷电视机技术，他的毕业论文就是关于黑白电视机设计的。在他离校的时候，他满怀自信地对老师说，总有一天，中国的电子企业会像索尼一样，在世界上占有一席之地。正是这个淳朴、好学、勤奋的海南小伙子，一直铭记着自己的豪言壮语，几十年如一日，因为一个梦想，他不忘初心，默默耕耘；因为一个承诺，他不辞劳苦，风雨兼程；因为一个结果，他锲而不舍，砥砺前行。

创维的创业发展史，实际上是中国成千上万民营企业家敢想敢闯、孜孜不倦致力于发展民族工业的一个缩影，而创维正是在波澜壮阔的中国改革开放浪潮中，涌现出来的中国民族工业的一个典型的成功范例。

风华正茂时，矢志而奋斗

——原鹏基工业发展总公司副总经理孙雄访谈录

1

1992年4月初的某一天，在深圳市政府人大会堂举行的“深圳市十大杰出青年企业家”颁奖典礼现场，一位身着西装、风度翩翩的青年走上了领奖台。他就是时任深圳中发机械租赁有限公司经理、深圳市鹏基工业发展总公司副总经理孙雄。

我知道孙雄其人，正是他获得“深圳市十大杰出青年企业家”称号的时候。当时，我刚刚从广东省政府的省供销社（广东省商业厅）企业管理处调到深圳市政府的直属企业鹏基工业发展总公司担任党委书记秘书。那天，党委书记张明基同志让我找前一天的《深圳商报》，当我将报纸送到书记手里时，他急于翻找孙雄荣获“深圳市十大杰出青年企业家”荣誉称号的消息，“哈哈，你看！孙雄这小子昨天出尽风头了！”张书记是位很爽朗的领导，对我们小辈，不管是通电话还是见面，开口便是很亲切的口吻“你小子”怎样怎样……直到今天我已经退休，他在电话里还是“小何你小子……”。看完那段新闻，张书记就与我说起孙雄来。

那一年，孙雄才35岁。没想到孙雄那么年轻，他与我同龄，也是在广州读的书，也当过公司秘书，他是一个雷厉风行、执行力很强的青年才俊。

20世纪80年代，实现“四个现代化”是时代的主旋律，而实现工业现代化是重中之重。1978年，曾在汽车制造厂工作过的孙雄，怀着改造

1983年，孙雄在八卦岭工业区基建工程指挥部留影（孙雄　供图）

机械铸造工艺、发展国家机械工业、助力国家实现工业现代化的理想，考入了广东机械学院（**广东工业大学前身**）学习铸造专业。

1982年被分配到深圳经济特区工作的孙雄，在1983年至1990年前后，经历了从公司秘书、人事部副部长、中日（深圳）租赁有限公司副经理（**中方负责人**）、中发机械租赁有限公司经理，到深圳市鹏基工业发展总公司副总经理等多个职务的转换，个人的领导能力和管理才能也得到了相应提升和发挥。

2

根据最新报刊资料记载："1982年，孙雄毕业后来到深圳工作，从那时起，在大学修炼的深厚'内功'就一直帮助他披荆斩棘、打开局面。他所在的国企曾面临一宗经济纠纷案，他在危急时刻挺身而出，利用所学知识据理力争，为企业、国家挽回巨大的经济损失，之后还带领公司迅速扭亏为盈……"[1]

1985年11月，孙雄受命于企业危难之时，担任中日（深圳）租赁有限公司副经理，作为当时中方负责人的孙雄，从公司财务报表中发现了不少问题，包括"投入设备远远超过深圳市场可容纳范围""很多设备陈旧、质量低劣、购入价格高昂""即将到期的银行贷款无力归还"等，于是，他如实向上级作了书面汇报，由此终于揭开了中日租赁公司内部问题的盖子。一起涉外索赔诉讼案，最终在国家监察部和最高检察院的直接参与下，以我方获得日方1000万港元赔款的胜诉而告终。

经济纠纷案处理完毕后的中日（深圳）租赁有限公司，面临着元气大伤、经营惨淡、进退维谷的状况。孙雄说，经过一番市场调查，他决

---

1. 陈亮，方贺，陈少徐，等. 孙雄：矢志创新，为助力实现工业现代化而奋斗［N］. 羊城晚报，2021-10-15（16）.

1986年，深圳市工业发展服务公司更名为“深圳市鹏基工业发展总公司”

定在尽可能多地拿下深圳特区内有限的租赁市场正常业务的同时，积极开拓香港租赁市场。

“开拓香港租赁市场？”我突然觉得这在当时简直不可思议！一则，香港机械租赁市场不但比内地市场成熟，而且市场份额剩余已经很少；二则香港的市场经营与财务制度等比内地复杂得多，很容易让企业再陷入“前车之辙”。做出这个决定，在当时需要多大的底气和勇气啊……

孙雄呵呵一笑，说：“这些问题我当时确实反复思量过。但是，当时的香港经济发展态势相当好，机械租赁业相当发达，城市建设需要的土方工程量相当大，而我们国门刚刚打开，很少有公司到香港揽活儿，

1986年，孙雄（左）与中日租赁公司日方总经理加藤（中）合影（孙雄　供图）

这对我们来说既是一个机遇，也是挑战。”

智慧加勇气，便是成功的一半。孙雄瞄准了香港落马洲口岸工程，第一个合同涉及的是几十台机械车辆和60万元的租赁费。为了保证企业的经济效益不受损失，孙雄详尽地了解和学习了香港的有关法律规定、行业规矩和有关经营方法，在深入调查核实对方商誉等过程后，终于签下第一单合同。之后，随着公司的施工质量和经营信誉越来越好，公司在香港的市场逐步打开，并逐步取得经济效益。

1992年，孙雄（左三）考察日本光纤连接器生产线（孙雄　供图）

然而，由于日方兜售的百辆翻斗车因为质量问题而屡屡发生事故，公司业务又一度遭到挫折。于是，1987年中日双方不得不解除了合作关系，日方退出。那么，租赁公司是否有必要继续办下去？领导们意见不统一，总公司面临着选择。孙雄认为："公司之前出现的问题，在于我们管理层决策失误，上当受骗。在国家对外加大开放、对内加快改革发展的大好形势下，国家建设十分需要机械租赁业，我们有这方面的经验和教训，我们有开拓租赁业务的成功尝试和有利条件，我们应该有这个志气和信心把公司办下去。”

有人问：这么个烂摊子公司，谁愿意来收拾？

孙雄自告奋勇：“如果组织上信任我，大家支持我，我就当仁不让！”

于是，1988年6月，原租赁公司经过改组重建，成立了“中发机械租赁有限公司”，它作为深圳市鹏基工业发展总公司直属的国有二级企业，成为我国首家独立经营建筑工程机械租赁专业服务的公司，公司总经理孙雄时年30岁，全公司员工平均年龄不到30岁。

新成立的中发机械租赁有限公司，在孙雄的领导下，经过处理前公司的繁重债务、陈旧设备，以及人心不齐、工作懒散等遗留问题，通过整顿、调整、改善、提高等一系列改革举措，保证企业从计划、组织、指挥、控制等方面得到有效管理。他带领一帮年轻人日日夜夜奋斗在工地或施工现场。新公司以优良信誉、周到服务赢得了很多客户的好评，在短期内便使公司的租赁业务风生水起。在短短3年的经营中，中发公司租赁的机械，遍布广东省内，不仅参与备战大亚湾核电站工程，还跨省出境建设大老山隧道和香港落马洲工程等。到了1991年，公司的总资产由532万元增长到1168万元，成为鹏基工业发展总公司系统经济效益名列前茅的优秀企业。

我问孙雄：“短短3年，你是如何让一个负债累累、奄奄一息的企业起死回生、重振雄风的？”

孙雄沉默了一会儿，像是陷入了沉思，应该是在回忆那久远的艰难岁月。他说，当时最艰难的应该是整顿烂摊子企业。他主要着眼于企业组织机构的设置和人的管理，然后协调处理企业债务等遗留问题。

首先，他通过学习国外现代化管理方法，建立合理的层级组织架构，强化经营指挥系统。从1989年起，在公司建立起四个事业部，实行各司其职、职责分明的事业部责任制。各部根据公司的政策自主安排生产业务，独立核算、自负盈亏。允许各部在公司的年度预算指标内，行使既定的人财物支配权。事业部责任制的推行，保证了公司总经理摆脱日常琐碎事务的纠缠，可以腾出时间和精力来考虑公司的总体发展目标和方针政策层面的管理，强化整个公司经营指挥系统，保证公司在竞争中得到及时准确的组织和指挥。

其次，在这个事业部制的组织层面上，加强对劳动人事的管理。从制度上打破“三铁”（铁饭碗、铁交椅、铁工资）的劳动用人制度，奖勤罚懒，奖惩分明，激发人的主观能动性和工作激情，营造心往一处想、劲往一处使的创业氛围，使企业风气焕然一新。在1991年底前的3年中，公司年年超额完成总公司下达的经营计划和利润指标，经济效益逐年增长，共完成营业收入3500万元，营业利润达402万元，上缴利税333万元，公司每年利润递增速度为45%。

孙雄是一个勤思考、有想法、具有创新精神且执行力强的青年企业家，在公司业务红红火火的时候，他开始思考公司的发展前景，他在心中做着公司业务扩展到港澳台和国外的发展计划。

鉴于孙雄领导的中发租赁公司在经营与管理方面取得的良好业绩，他多次被评为“先进工作者”“优秀共产党员”，并于1991年荣获“深圳十大杰出青年企业家”称号。1992年3月，孙雄被组织任命为深圳市鹏基工业发展总公司副总经理。

3

1994年10月的第一个星期一上午，总公司高层每周的办公例会即将开始。各位领导的台面上，端端正正地放着一份汇报材料：《关于鹏基工业发展总公司建立现代企业制度试点进展的汇报》。这是副总经理孙雄根据近月来公司“股份改造工作办公室”（简称“股改办”）开展以股份公司为载体建立现代企业制度工作的一个总结汇报，也是孙雄继该

2021年5月21日，作者采访原深圳市鹏基工业发展总公司副总经理孙雄先生（左）

年6月向总公司高层提交《鹏基工业发展总公司发展战略的思考》“万言书”以来的又一个关系到公司发展前景的汇报材料。

再次书面呈报汇报材料的起因，还得从孙雄上任后的分管工作说起。自从担任总公司副总经理，风华正茂、踌躇满志的他，背负的担子越来越重，他前后分管了商贸企业、贸管部、进出口部、发展部、海外企业和股份制改造等工作。刚刚上任的1992年，整个鹏基有12家商贸企业在当年前5个月亏损100多万元，他在接管工作后，大刀阔斧、关停并转，引入竞争机制和奖惩机制，当年年底商贸企业出口创汇就实现了670万元，利润实现350万元，达到了公司新高。

1992年7月，他还与日本企业合资兴办中和光学公司，成功引进了20

世纪90年代具有国际先进水平的光纤连接器生产线，填补了国内空白。该项目被市里列为高新技术项目，代表市里参加珠江三角洲高新技术展览会，并实现“当年签约，当年投产，当年获利”的目标。1993年7月分管发展部和海外企业管理工作以来，孙雄对全系统20多家重点企业进行了产业结构调查和分析，并提出了很多整改建议，包括调整产品杂、规模小、效益差的企业，重点引进、扩大发展液晶显示、通信产品作为龙头产品，形成规模经济的产业结构方向。

1993年，全市已铺开了以股份制改造为载体的建立现代企业制度试点工作，当时很多国有企业已经成功完成或基本完成了股份制改造工作。作为市里试点单位之一的鹏基工业发展总公司，在1994年6月前后，根据市里的要求，成立了总公司“股份制改造工作办公室”，由时任总公司副总经理孙雄专门主抓股份制改造工作。当时“股改办”配备的工作人员是财务部的陆小平、资产管理部的吴瑞雯、进出口部的朱真和本人（兼职）等4名工作人员。

“股改办”前期的主要工作是对全系统的直属企业进行调查摸底，首先需要掌握基本“家底”，然后才能深入清理资产和理顺产权关系，从而进行股份制改造。在孙雄的领导下，我们在调查摸底的基础上，积极配合有关会计师事务所和资产评估事务所等中介机构进场工作，在短短的3个月里，会计师事务所对总公司属下25家全资和控股公司、14家投资单位进行了审计，约9月底，审计工作基本完成，并出具了《审计报告》。接着由资产评估事务所进行资产评估。根据当时9月底的初步评估工作来看，动产部分的资产评估工作比较顺利，已基本结束，但不动产的评估工作遇到了很大困难，主要因为总公司的主业是工业区开发，在已经开发和正在开发的三大工业区中，股份制改造涉及补交地价等问题，加上当时正在开发的莲塘工业区还面临着重新规划等问题，使总公司整体资产评估工作进展缓慢，甚至遇到了瓶颈几乎无法往下推进……

1992年，八卦岭工业区一角（深业鹏基南方集团 供图）

孙雄根据他在1993年9月对“中发实业股份公司”进行股份制改造的成功经验，结合当时总公司股份制改造过程中遇到的困难，提出了很有见地的建设性建议，那天送给总公司高层办公例会的汇报材料，正是关于总公司股份制改造的书面建议。

其实，1994年前后的鹏基总公司，日子已经越来越难熬了。

由于总公司高层在探索工业地产转型和发展房地产过程中，忽视了

企业内部管理，仍旧沿袭“扩张”的遗传基因，通过增加负债来盲目扩张企业规模，房地产开发已经蜻蜓点水地做到了北海、南京、成都，甚至澳大利亚、巴西去了……整个公司系统盲目扩张，危机四伏，随时有“爆雷”的可能。

根据有关财务数据显示：从经营结构角度分析，鹏基总公司的总资产从1990年末的4.6亿元一下子飞跃到1994年4月的16.5亿元。资金的来源主要是高达12.7亿元的负债，其中银行贷款5.5亿元。在1991年至1993年上半年的一片房地产热潮中，鹏基的房地产年收益只有2900万元，比1986年至1990年间平均只高出200万元，资金利润率比1986年至1990年间的10%还低4个百分点。1993年1亿元的利润中，来自本部房地产的利润也只有4300万元，真正属于鹏基权益的利润仅仅有6900万元。1991年至1993年间，有6家二级公司发生严重亏损。全资企业亏损金额估计超过2000万元，真实利润应在3000万—4000万元之间。银行5.5亿元的贷款中，大多数是1992年至1993年间借的。经延期，1994年下半年到1995年将是还款高峰期。1993年全年3.8亿元贷款只摊销了1500万元的利息，剩下的2000多万元的利息，加上1994年估计约4000万元的利息，合计6000万元的财务费用将全部在1994年发生。利息负担可从1994年4月报表看出，1994年1—4月财务费用已达到1200万元，等于1993年全年的80%，其中本部利息占了840万元。这几年大笔资金的投向是投资5000万元的北海、南京、成都等周边企业。

进入1994年5月份以后，总公司已面临着几家银行的起诉。不仅借款本金不能归还，利息也无法支付。尽管各项财务比例已发出警报，财务结构严重失衡，但贷款余额还在节节上升。工程进度款无法正常支付，以致于工程拖延造成建设期延长，资金回收期也延长，资金运作陷入了恶性循环。

其实，鹏基公司已经走向经营危机，当时是一种典型的泡沫现象，随时可能“爆雷”，主要有这些原因：第一，总资产急剧膨胀是靠巨额负债支撑的。第二，利润水分较大。第三，摊子铺得越来越大。第四，资产规模大，企业数量多，但主要产业、产品并没有形成。第五，3年来企业调整改组起色不大。

……

1997年，孙雄成立了通信技术公司，主营光纤连接器生产项目。产品一经推出便迅速占领国内外市场，并成为著名品牌。2014年，又进军高门槛的质检领域，相继在长三角、珠三角成立检测实验室和公司，为当地提供高品质计量校准、检验检测服务。2020年，公司建立无线电5G技术计量校准、5G检验检测实验室，并打造出全产业链的“实验室（硬件）+检测自动化平台（软件）”的发展模式和竞争优势。由他参与组建的深圳华南检测中心、南京华爵检测公司均被评定为国家级高新企业，后者被江苏省政府授权为省级电子公共检测平台。

历经艰难创业并卓有成就的孙雄，在回顾走过的路时感触良多。他说：“没有经过在国企那段摸爬滚打的历练，我不可能有今日的豁达、隐忍和坚强。一个人的成长和发展，正如一个产品需要遵循经济规律和市场规律发展一样，经过创新、成长、鼎盛、成熟，然后可能衰落，所以，我们时刻要保持危机意识，适时战略性地自审、检视、调整，以适应客观之需、形势之需、成长与发展之需……”

我走过了**深圳**的很多地方，但唯有**八卦岭**的每条街、每栋楼，甚至这里的一草一木、**一沟一壑**，最让我深深眷恋、一往情深。

第四章

追梦吧！奏响青春之歌

泥岗天桥，流动的风景线

二十世纪八九十年代，八卦岭北边有一座著名的人行天桥叫泥岗村天桥，它是一座连接着八卦岭工业区与泥岗村的人行天桥。这座天桥，当年可以说是当代一幅流动的“清明上河图”。

也许很多到过八卦岭的人，都会对它有很深的印象。八卦岭工业区当年号称有8万名青工，有相当一部分青工都是白天在八卦岭打工，晚上回泥岗村租住。当年，每当上下班的时候，整座泥岗村天桥从南到北，排队上桥的人流水泄不通，整座桥甚至会随着人流而轻微抖动。到了傍晚华灯初上，桥上的人流仍是熙熙攘攘，络绎不绝，好一派多姿多彩的繁忙景象。

这也许是当时中国单位时间人行流量最大、最繁忙，也是使用率最高的一座人行天桥。近40年来，在八卦岭与泥岗村之间，最直接的联系全靠这架简陋并不起眼的人行天桥。尤其是在二十世纪八九十年代，通过这座天桥，泥岗村也直接或间接地支援了八卦岭工业区的建设和发展。通过这座天桥，青工们从繁忙的流水线走向温馨的港湾，有多少青工从艰苦奋斗、追逐梦想的工厂又回到积蓄力量、构筑新梦想的地方！这座简陋的小桥，这么多年来不知承载了多少青工缠绵悱恻、动人心弦的寻梦、追梦、筑梦、圆梦的故事。

记得大约在1993年秋天的一个下午，我的忘年交、深圳市城建开发公司的纪检书记伍师元先生来八卦岭探望我。由于老伍正在编辑一部《深圳城市建设摄影作品集》，内容是十几年来他参与设计、施工建设

二十世纪八九十年代，每逢上下班高峰期，泥岗村天桥上挤满了往返于八卦岭和泥岗村的青工。时至今日，桥上的行人依旧熙熙攘攘、络绎不绝

的深圳立交桥和人行天桥的纪实摄影作品。于是，临近下班时，我建议他一起去看看黄昏时段泥岗村天桥的美丽风情。从事大半辈子地质研究工作的他，早在1981年就举家调入深圳，是深圳市城建系统第一批调来的“又红又专”的技术型领导。他参与了深圳市很多立交桥和其他城建项目的策划、设计、施工和验收工作，算是深圳经济特区第一批城市建设的“拓荒牛”和见证人。

那天临近黄昏时刻，好像是6点钟左右，当我们走到泥岗村天桥的时候，桥上桥下早已熙熙攘攘、水泄不通。只见青工们三五成群，有的手里拿着一份盒饭，有的拿着一根玉米棒或几只烤番薯，还有的拿着一把青菜或刚买的别的食材，反正都是些简单的晚餐，他们一步步地挤上人潮涌动的天桥。尽管精神疲倦、脚步疲惫，但人群中更多的还是欢声笑语。老伍是个性情中人，看到这一情景，他的心情有点沉重，一声声叹气，感叹生活的艰辛与无奈。

兰州大学毕业后来深工作的乡子，曾经在八卦岭工业区工作了8年，他说，在八卦岭，他喜欢在有空时到泥岗桥边看看风景，他把对面的泥岗村看成是很神秘的村落，他说他印象中8年里才去过一两次泥岗村，总觉得那边租户结构复杂，出入很不方便。所以在八卦岭工作时，他都一直租住在离八卦岭很远的水库新村，更愿意在亲戚家附近租住，这样不但熟悉环境、安全些，也不至于太孤单。

时至今日，我都很清楚地记得当年泥岗村天桥的这一人文风情。有时候到八卦岭，我甚至还会争取时间去看看、去走走这座天桥。每当走在天桥上，我的眼前仿佛还会浮现当年青工们缓缓过桥时的情景。那时，每到上下班时刻，人声鼎沸，川流不息。尤其傍晚直至夜晚时分，更有乘凉、休闲散步的人们围绕天桥两侧，尽管桥上很拥挤，但你还可以看到有些青工三三两两倚靠在桥上聊天、看车流人流风景，也有一些情侣倚靠在桥上谈情说爱、打情骂俏，更有个别青工倚在桥栏边唉声叹气、愁绪满面，或在抽烟或在无言地看着车来人往……

泥岗天桥，其实已经不只是一般地理意义上的交通设施，它作为一个时代的人文符号，早已具有特定的文化意义和“乡愁”韵味，承载了一代又一代外来青工的甜酸苦辣和人生况味。

有个家园叫“社区团委”

深圳是一座年轻的、以青年为主体的城市。从社会转型的角度来考察，深圳经济特区改革开放初期的人口变化特点和人口发展现状，可以看出转型期的深圳，从一开始就显示出人口的机械增长（人口迁移）远远大于自然增长的绝对态势。

据调研统计，深圳市自1979年至1989年10年间，总人口从1979年的31.4万人，增长到1989年的191.6万人，全市常住人口平均每年递增7.57%，而暂住人口平均每年递增96.2%。在人口发展过程中，1980年到1992年12年间，全市人口的自然增长率只占人口增长总数的3.38%。从人口户籍结构来看，深圳的暂住人口远远多于常住人口，这是深圳人口结构的主要特征。据深圳市1990年末统计，全市201.94万总人口中，暂住人口133.28万人，占总人口的66%，而外来农民工约120万人，竟占暂住人口的90.04%，而且外来农民工基本上是农民青工。从人口的年龄结构来看，1990年深圳市人口的平均年龄是25.3岁，在全国大中城市人口平均年龄中是最年轻的。从各年龄组的人口分布来看，主要集中在15—34岁之间，共110.32万人，占普查登记人口166.74万人的66.16%。这是一支十分特殊的特区建设大军，中青年人口的高度集中，给城市带来了生机活力，其作用不容低估。[1]

1. 何良. 九十年代：一个发展社会学视角之试论开放中的农村剩余劳动力转移问题［J］. 特区经济，1992（2）：33.

20世纪90年代中期，青工们常在八卦岭工业区鹏基文化广场举行歌舞活动，被誉为外来青工的“大家乐”（陈少兰　供图）

从1995年开始，深圳进入第二次创业时期。当时全市的总人口是345.51万人，平均年龄是26.8岁。从人口发展特点上看，深圳已成为以外来农民青工为主体的新兴移民城市。深圳的发展和成就，无不凝结了外来青工的智慧和汗水。从另一个侧面来看，也反映了深圳的共青团组织及其团干部的组织智慧、服务意识、拓新进取的品质和奉献务实奋斗的精神。

从20世纪80年代中期开始，随着上百栋厂房的陆续建成和招商引资工作的进一步推进，成百上千家企业在八卦岭工业区入驻和创办，成千上万名外来青工在八卦岭工业区集聚打工。90年代中期的八卦岭，是企业发展和青工集聚最巅峰的一个时期。

据从1986年起就在“工发公司”负责工业区建设工程档案管理工作的资深职员余翠英介绍，当时八卦岭工业区已经形成了多产业集聚区，仅是大大小小的印刷厂就有1000多家。据统计，工业区二区的重点宿舍区，仅是青工宿舍就约有7800间，当时每间入住8人，仅是这个宿舍区就可能有青工六七万人。在八卦岭打工的青工中，还有相当一部分人在周边的泥岗村、园岭村等自然村租住。据此，当时官方媒体报道，八卦岭工业区是一个拥有8万—10万名青工的大工业区。

90年代的社会管理相对不规范，社会治安形势也相对严峻，可想而知，八卦岭这一大工业区当时的社区管理压力该有多大。

1993年5月，针对八卦岭工业区大量青工集聚，青工在思想、生活和工作等方面客观上需要各种服务的情况，在共青团深圳市委的具体指导下，由深圳市鹏基工业发展总公司团委和中浩公司团委牵头，组建八卦岭工业区社区团委。由于这是在企业外围建立不带行政色彩的跨单位的区域性团组织，直接对团员青年实行管理，因此其工作社会化程度高，具有独立性、自主性和灵活性。团委成立后的第一个活动是举办青工卡拉OK比赛，报名人数达2000多人。比赛那天，团委将团员登记表广为散发，广泛宣传工业区团委的服务职责和义务，当天就收回登记表600多份。

八卦岭工业区团委领导戴礼刚和陈少兰，十分热爱共青团事业，团结了一批团员骨干，并以其无私奉献、勤奋务实和锐意进取的精神感染和感动大家，使打工阶层的团员队伍很快就焕发出自信、充实、朝气蓬勃的精神面貌。之后，作为全国第一个社区团委，他们根据有利于团组织开展活动、有利于团员教育和管理、有利于联系青年等原则，按照兴趣型、居住型、生产型与年龄型、年龄-性别型，以及朋友、老乡等不同方式进行不同组合，建立了15个团支部，并组建了一支富有创新和奉献精神的社区团干队伍。

不久，社区团委根据青工们的各种需求，很快成立了“青年之家”。1995年7月2日“青年之家”举行成立典礼那天，青工们下班后从四面八方赶到鹏基公司大会议室，整个大院都是自觉踊跃参加的青工。之后，这个“青工之家”在每周五、周六、周日三个晚上举行歌舞晚会（后来被称为“八卦岭的大家乐”），不定期举办知识讲座，每月最后一个星期六为当月过生日的青工举办集体生日庆祝会……

20世纪90年代中期的八卦岭工业区社区团委工作，是深圳经济特区共青团事业的一面旗帜。团委积极探索一条社区建团、管理与服务青工的新路子，团干部们想青工们之所想、帮青工们之所需，设身处地为青工们提供良好的工作和生活环境，让青工们感受到组织的关怀和家庭般的温暖，把社区团委建设成为广大青工的精神家园。

有个来自河南的共青团员叫李玲，她是被社区团委领导们的精神感动而成为团干部的。

李玲原本是一家日资企业流水线上的一名女工。社区团委建团时，她从别人手里得到了一张团员登记表，为了联系上组织就填了上去。因她为人热心，又热爱团的工作，便成为第13团支部的书记，还被选为八卦岭工业区团委委员，后来还担任工业区团委的培训部长。

李玲是个热心而且有想法的团干部，她利用分布在八卦岭各区域的宣传栏，搞团训图片、青年信箱、文字园地，使不少团员重新回到了团组织怀抱。许多青工纷纷写信给她，有愁有苦向她诉，由于公司经常加班，李玲只能在夜深人静的时候做团组织的工作，别人都进入了梦乡，她却伏在灯下编写稿件，给青工回信，抚慰一颗颗受伤的心灵。

李玲常常因为团工作而影响休息甚至耽误工作，朋友们劝李玲别管那么多闲事、别那么累，大家问她：你忙成这个样子，瘦得像支火柴，你图什么？她说每当她收到一封青工来信，就好像看到一双双困惑的双眼，她就觉得有一份责任。自从1992年离开河南来深圳，李玲有好几年一直没回过家。李玲说，我也想父母亲也想家，但一想到团市委号召青

八卦岭工业区社区团委在讨论社区团组织工作（陈少兰　供图）

工留深过年，想着很多工友都没有回去过年，我自己说什么也就舍不得走了。

李玲如此全情和热心地投入团的工作，公司里一些不知内情的人以为她在团委一定有可观的收入，当他们听说这工作不但没有收入，而且还要倒贴钱时惊讶不已，连说太不值得。可李玲淡然一笑，说：“能为别人做点实事，我心甘情愿，我来深圳又不仅仅是为了挣钱的。”外企老板一开始不知道李玲还有个“地下身份”，后来知道后便尽量为她提供工作方便。那年，李玲所在的团支部已由最初的十几个人发展到50多人，最远的有从世界之窗跑过来的“打工仔”，甚至还有私人老板。他们说，“李玲的团支部像个家，不管怎么忙碌，我们都要回家”。由于工作十分突出，李玲1995年、1996年连续两年被评为深圳团市委优秀干部，1996年还当选为“深圳市十佳外来青工”。

而八卦岭工业区社区团委工作，开创了全国共青团工作的先河，为新时期共青团工作提供了宝贵经验，工业区团委书记戴礼刚、副书记陈少兰多次被共青团深圳市委、团中央表扬和表彰。戴礼刚同志于1996年被授予深圳市第6届“十大杰出青年”称号。

乡愁，从这里开始

到过八卦岭工业区的人，应该都会知道八卦一路美食街。在深圳众多的美食街中，它算得上是开街时间较长、菜系风味相对齐全、街市环境比较优雅的美食街。

有人说，从20世纪90年代开始，八卦一路美食街就已经是来自全国各地的新深圳人“他乡遇故知”的“乡愁地”。更有人从街市热闹的程度，认为它当年堪与最热闹的沙头角中英街媲美，足见八卦一路美食街当年已经遐迩闻名。

每当华灯初上，这一条美食街，便散发出一种风情淳朗、清雅浪漫的气氛，正如美味佳肴中的色、香、味，对饮谈笑中让人品尝出不同的民俗风情、不同的人生况味。全国各地声名显赫的“老字号”名店，独具特色的经典餐饮风味，多汇于此。他乡遇故知，酒醇乡情浓。几杯过后，万分感慨，浓浓乡情、悠悠乡愁，尽在觥筹交错之中。

二十世纪八九十年代，正是工业区大开发大发展的时期。作为深圳市政府改革开放、筑巢引凤、招商引资、发展特区经济的重要工业区，八卦岭工业区在20多年里成立和入驻了成百上千家国内外企业，仅是外来打工青年就有8万人之众。工业区的急速发展，客观上要求基本生活设施与之相适应，当时的深圳市鹏基工业发展总公司协同有关部门决定将八卦一路作为“美食街”项目来招商引资，于是全国各具风情的饮食业蜂拥而至，一时间成为深圳经济特区发展饮食风情区的一大热点。尽管开始时饮食业还没形成规模和气候，但稀稀落落的饮食小店特别多，毕

豪林居餐馆创始人张楚雄和女儿

竟八卦岭拥有近8万打工消费者，那是个巨大的饮食业市场，而真正的饮食街市也是因为巨大的消费需求而渐渐兴起的。

20世纪80年代中后期，我因工作关系常来深圳经济特区，偶尔也会在八卦岭工业区的饮食店应付午餐，但没听说过有“美食街”。到了90年代中期，八卦一路美食街已经在经营布局上集全国各地饮食菜系及风味特色于一街，颇具特色的豪林居潮汕菜餐馆、金利龙酒楼等，在深圳业界也已声名鹊起。而那时的我已是八卦岭工业区的打工一族，于是每逢老乡同学同事小聚，甚至接待远方来客，八卦一路美食街常常是我的聚会首选。

一个留住乡愁的地方

那是个清风送爽的秋夜，八卦一路美食街处处火树银花，店店张灯结彩。位于街心的潮汕餐馆“豪林居”与往日一样，生意兴旺，宾客如云。

突然，一个拉着旅行箱的西装革履的斯文男士风尘仆仆出现在豪林居门口，一进门就是一口标准的北京腔：“你们老板还是张先生吗？”

接待生接过行李箱拉手，及时应道：“是的，先生认识我们老板？”

“何止认识！我们是老朋友了！”

真是千里逢迎，贵宾光临。张老板闻声出迎，原来是十几年前豪林居的北京常客杨先生。故友重逢，喜出望外，张老板拉着杨先生的手，感动得有点哆嗦：“太高兴了，太高兴了，杨先生里面请，里面请……”

原来，杨先生已经多年没来深圳了，此次来深第一个想到的是豪林居，于是一下飞机便直奔豪林居而来。

其实，杨先生与豪林居的缘分源于十几年前。那时的豪林居刚刚红火，在美食街地方名菜中已算独树一帜。当年杨先生是第一次来深圳，第一餐饭就慕名来到八卦岭美食街，偶然踏进了豪林居的门槛，张老板是个实在人，接待远方来客从来都是备加关照、从不怠慢。而习惯于北京粗放服务的杨先生，从没享受过如此细致周到的服务，更未曾品尝过如此美味佳肴，这一餐下来，基本上确定了杨先生之后多年在深圳大部分餐单的走向，杨先生也成为豪林居的多年贵客。但是，记不起从什么时候开始，杨先生因工作关系被调回北京，这一转眼就十几年不见了。

讲完这个故事，张老板陷入了久远的回忆之中。脑海里浮现出与杨

自1994年开业以来，张楚雄创办的豪林居一直坚守“道德经营”的理念和初心

先生第一次见面时的场景，还有当年豪林居千里逢迎的热情氛围，更有豪林居多年来熙熙攘攘、宾客满座的气氛和景象。

还是身旁的小女儿一句话打断了父亲的沉思：“其实，这种故事在我们豪林居数不胜数……”

张老板想到了身边的小女儿，他说小女儿当年还没出生，现在已经大学毕业可以帮着管理餐厅了。说着说着，脸上不禁流露出父业后继有人的欣慰和自豪。

豪林居开业近30年来，接待的来宾遍满全国乃至世界各地。张老板说：“这些年来，豪林居见证了深圳很多家庭两代人成长和生活的过程。先是当年在豪林居初识的朋友们，他们谈恋爱、结婚、生了孩子都在豪林居吃饭，孩子们慢慢长大、上学、工作、结婚了，也在豪林居吃饭。20多年前是父母亲带着孩子来豪林居吃饭，这些年是长大了的孩子带着父母亲来豪林居吃饭。”

由于豪林居的经营特色是纯粹的潮州乡土传统名菜，不少潮汕人到了豪林居，都有宾至如归的感觉。常常会听到很多常客带着朋友们，在席间很高兴地向新朋友们介绍豪林居：“我来深圳的第一餐饭就在这里……”“我谈恋爱时请女朋友吃第一餐饭就在这里……”“我们来深圳打工的老乡第一次聚会就在这里……”

豪林居，是远方赤子亲朋好友他乡遇故知、碰杯诉衷情的地方，更是来深打拼创业的游子们思乡怀土、释放乡愁的地方。

放弃安逸闯深圳

2007年4月，在由深圳市贸易工业局、深圳市饮食服务行业协会联合主办的“首届中国（深圳）奥食卡美食盛典”厨神争霸赛暨颁奖典礼上，一位魁梧健硕、憨实帅气的中年人，捧起了金光闪闪的“深圳名牌餐饮店”奖牌，并荣获“金牌大厨”称号。

他，就是来自八卦一路美食街的深圳市豪林居餐饮有限公司总经理张楚雄。

其实，获此类荣誉，对于豪林居来说已是司空见惯，数不清有多少了。餐馆内那面荣誉墙早已挂满了“深圳市潮州菜品牌企业”“深圳餐饮三十年杰出品牌企业奖”“中华老字号特色餐饮名店”“深圳美食消费者最满意潮州菜酒楼”“深圳市文明诚信私营企业”等各类奖牌。张楚雄是一个谦虚谨慎、行事低调的人，当问起获奖荣誉之类的事，他还有点腼腆。

而关于豪林居创办的历史，他说那是将近30年前的事了。

1967年出生的张楚雄，1986年毕业于汕头市第二技工学校烹调专业。学业优异的他，当年被分配到汕头经济特区的国际性高级宾馆龙湖宾馆当厨师。龙湖宾馆是汕头经济特区1984年建成的粤东地区首家高星级涉外酒店，有着现代化的设施设备和园林式的优雅环境，是当时汕头市数一数二的合资酒店。张楚雄在那里一干就是8年，在本专业内算是很有前途的青年骨干。宾馆员工各方面的待遇也相当好，年纪轻轻、刚结婚的他还分到了一套很不错的福利房。

1994年，深圳经济特区改革开放取得阶段性成功并带给社会更多创业机会的消息，通过张楚雄的哥哥、同学等各种途径不断地传到他的耳边，很多机会都在吸引和诱惑着他。尤其是哥哥近日不断来电告诉他，深圳市八卦岭工业区最近招商建一条“美食街”的消息，更是让他连日来辗转反侧、夜不能寐。一边是汕头龙湖宾馆工作稳定、收入可观，自己新婚还分到一套房，这份工作来之不易；另一边是深圳那边确实是一个创业发展的机会，潮汕人具有天生的创业情怀，“成为一名深圳老板”的梦想时时刻刻萦绕在他的脑海。留下来嘛，眼前的和几十年后的生活基本上是安稳的，前途是可知的，眼前的新婚娇妻和刚出生的女儿确实也十分需要他照顾；而闯深圳，前途则是个未知数，一切都充满挑战……毕竟这是关乎人生前途和家庭生活的大事，张楚雄的心绪很乱，思想不断在“去留”之间久久地徘徊着。

那是一个阳光明媚的四月天，像往常一样，张楚雄骑着自行车去龙湖宾馆上班，在快到大北山路2号大院的时候，远远便听到宾馆大院内传来当时十分流行的歌曲《爱拼才会赢》，这首闽南情调的歌曲，在同样是闽南语系的汕头市可以说是家喻户晓。对于这首歌，张楚雄更是熟透于心，他激动得一边骑车一边跟着旋律哼了起来：

人生可比是海上的波浪

有时起 有时落

好运 歹运

总嘛要照起工来行

三分天注定

七分靠打拼

爱拼才会赢

唱完《爱拼才会赢》，他突然感觉到在去留犹豫不决之际，有一股莫名的力量在鼓舞着他，让他感到有一股创业的激情荡漾于全身。他决定对去留问题进行一次比较全面的权衡和分析：如果不去深圳，生活肯定是舒适稳定的，但人生前景肯定是平平淡淡的；而去深圳，创业的机会肯定很多，成与败只有靠打拼才能见分晓，“爱拼才会赢”。人生很漫长，如果去闯了，即使失败了还可以重来，还有成功的希望；如果安于现状，高枕无忧，则这辈子将碌碌无为、一事无成。

“爱拼才会赢！”他很高兴，终于说服了自己。他觉得自己可以做决定了！

他吹着口哨、骑着自行车开心地绕着大院奔驰：

一时失志不免怨叹

一时落魄不免胆寒

哪怕失去希望

每日醉茫茫

无魂有体亲像稻草人

……

爱拼才会赢

他决定将闯荡深圳的想法告诉妻子和父母，相信他们会支持他的。

现在回想起来，当时的想法很简单也很幼稚，好像深圳遍布着黄金等着他去捡一样，他计划到深圳奋斗三五年，赚它个金银满盆，然后回老家过幸福生活。

1994年6月，张楚雄离别了父母、妻子、刚出生两个月的大女儿，独闯深圳经济特区来了。

创出名店豪林居

在成千上万闯荡深圳的创业者中，张楚雄算是个幸运儿。

张楚雄几乎顺顺利利地拥有天时地利人和等创业时机。作为一个名牌宾馆的厨师，他不但具有开办餐馆的决定性优势，而且还有亲哥的一些无形资源的辅助，其中得到的八卦岭工业区八卦一路要建设“美食街”的信息，便是创业的主要信息，然后又顺利办好了场地租赁协议等相关合法手续。在创办资金方面，又得到全家人的支持与资金赞助。经过几个月紧张的店面装修、设备购置和人员招聘培训，一切筹备就绪。

1994年10月28日这个良辰吉日，位于八卦岭八卦一路美食街45号的“潮州传家菜——豪林居”，终于隆重开幕。

一切都犹如举手投足般轻而易举，一切都好像得心应手般水到渠成。其实，那时的张楚雄，因为刚来深圳，人生地不熟，经历了多少艰难困苦，只有他自己知道。那几个月，他未曾有过一觉安稳的睡眠，未曾有过一顿按时的正餐，未曾有过一天开怀无忧的心情，未曾有过一时一刻不为餐馆劳心劳力……

其实，这28年来一直如此。在众多的餐馆接二连三轮流倒闭甚或破产的严峻形势下，豪林居依然红红火火、长盛不衰，也可能给人们造成一个错觉，那就是：张楚雄八字正，运气好，没遇到来自社会的和经营的种种麻烦事。然而，创业近30年来的卧薪尝胆、个中艰辛，只有张楚雄自己最为知晓。采访当日，当他面对一个经他日日夜夜拉扯成长得如

近30年来，豪林居坚持以传统潮州菜为经营定位。图为厨师在切制潮州卤味

日中天的豪林居，当他面对我无限好奇的各种惊讶和挑剔采访，当他面对当年还没有出生、而今已经独当一面的小女儿，张楚雄的眼前掠过一幕幕一桩桩艰辛往事，当讲述起那段峥嵘岁月时，他显然陷入了一种五味杂陈的沉思之中，眼睛不禁有点湿润。

他喝了口浓浓的单枞功夫茶，调整了几秒钟情绪，然后又爽朗开怀地与我们讲述豪林居的故事。

“豪林居”的涵义：豪者，豪爽也，乃张楚雄之性情也！“林居”，则取自于谐音的“邻居”。豪林居者，乃好邻居是也。可见，张楚雄是个十分善良爽直和踏实厚道之人。

张楚雄说，豪林居开店之初，经营上很多东西都需要他自己亲力亲为，每天一大早就自己踩着三轮车到市场买食材。在妻子、女儿仍在老家的那几年里，他租了房子给员工住，而为了省钱，他自己却在店里的沙发上整整睡了3年。

作为饮食业科班出身的厨师，张楚雄在学习饮食文化中对经营饮食业的理论与实践也有所了解。他说，在开业之初，他就反复思考并确定了企业理念和目标、企业经营定位、管理制度和方法等，为开业创业确定了目标和方向，这是近30年来豪林居经营顺畅的前提，也是豪林居经营值得总结的经验或体会。

我发现，受访到此，他才真正缓了口气。当谈到豪林居的经营理念和定位时，他神采奕奕，不无得意。

首先，豪林居树立了道德经营的理念和目标。在豪林居开业之初，他就确定了“道德经营”的理念，具体做到：传承创新、诚信自律、顾客至上。道德经营，就是在传承发扬传统餐饮菜系的基础上力求创新；在讲求诚信经营、真诚服务基础上强调修身自律；在取信于顾客的基础上做到顾客至上。他认为，企业不一定要做大，但要做长久。社会上不缺大企业、不缺连锁店，但缺有灵魂、负责任、有传承（有根）的小企业，要做到：企业有灵魂、顾客常回头、员工有奔头，要把企业办成有灵魂、负责任的“老字号”名店，这也是豪林居的奋斗目标。为了这个目标，豪林居坚持“道德经营”28年，坚持用罐装食用油15年，敢于做出“少一两赔一斤”“不满意无条件退换”等承诺，做到品质保障，价格公道，取信于民。

其次，豪林居确定了经营定位和经营方式。在传承创新的基础上，以传统潮州菜为经营定位，以地道潮州菜、海鲜、打冷等为主要特色。张楚雄一贯强调餐馆的经营定位绝不改变，用他的话说是“坚持主业绝不动摇。打太极的就专心打太极，不用兼学咏春拳或花拳绣腿，确定我们最精通的传统潮州菜系，就绝不花心”。28年来，豪林居已经成为

“传统潮州菜”的代名词，深得广大顾客的青睐。

20世纪90年代中期，成千上百家企业入驻八卦岭工业区，客观上造成八卦一路美食街餐饮业成为当时最繁荣红火的行业。那个时代的美食街，每到傍晚，餐馆便是“一桌难求”。当时企业单位公款聚餐管理上相对宽松，很多大中型企业更是“签单”成风。很多餐馆老板对大中企业的定点“签单记账”更是求之不得、欣喜若狂。唯有豪林居的张楚雄，一直坚守立足小店、创立名店的初心，对“签单记账”不但没有动心，反而“心有余悸”。

张楚雄美滋滋地品了一口功夫茶，说是想给我们讲一个笑话，是当年豪林居一次非同寻常的“签单记账”的故事。

那是1994年12月的一天，香港著名企业家、香港骏豪集团主席、观澜高尔夫球会主席朱树豪先生到设在八卦岭工业区的所属企业顺丰造纸厂视察工作，到晚上十点钟左右了还没吃上饭。该厂来电话询问豪林居是否还有饭吃？说是朱树豪一行18人拟到豪林居吃饭，问豪林居能不能安排？由于当时天气冷，豪林居那天没多少客人，晚上九点半左右已经打烊，员工们都回宿舍了。但是张楚雄当机立断：可以安排。之后立即召回员工张罗18人的晚餐。席间，豪林居的主要看家名菜基本上桌，地道精致的潮州美味佳肴，令同样是潮汕人、吃腻了星级宾馆大餐的朱树豪赞不绝口、惊喜不已！他当下就吩咐手下：以后凡到深圳市内洽谈业务，需要就餐的就到豪林居，并责成下属与豪林居签约“签单记账”事宜。

这下子可吓坏了“不谙世事”、身在福中不知福的张楚雄！他只知道餐饮业签单跑单很可怕！他当时的反应是：万一朱树豪“签单记账”跑单了，他岂不血本无归了？于是，他立即蹭到朱树豪的面前，当着大家的面，婉言谢绝了朱树豪的签单“恩赐”，让朱树豪当时哭笑不得：“阳光酒店求我去‘签单记账’我都不去，你豪林居却拒绝我签单？”

朱树豪的助手急忙把他拉到一边，说："你知道吗？我们老板对你太好了，朱老板从来没有主动要给酒店签单的，他都没有给一个五星级酒店签过单呢……"

当然，张楚雄最终还是签约了。然而是不是那一次签的约，他没说。他只告诉我们一个结果：在豪林居后来很多年的经营里，朱树豪的签单帮了他很大的忙。

"到底帮了多大的忙？"经验告诉我，我不能放过这个数字和这个细节！

张楚雄说："豪林居那些年营业总额约20%，应该是朱老板的企业签单的。他那个厂1000多人，有时候一来就是一两百人，平常二楼的包房、一楼的仅有的8张桌里，就有三四张是他们厂订的，他们是香港职员，工资高，经常会很多人一起来就餐。"

故事讲完了。我们听者还沉浸在惊讶之中，张老板自己在那里边喝茶边咧嘴，不知是自嘲还是得意。

其三，豪林居制定了严格的管理制度和管理方法。豪林居在内部管理上坚持以人为本，通过一整套合理规范的管理制度，保证了经营理念的树立和经营目标、经营定位的推进和实现。比如豪林居对于老员工的奖励制度就很值得赞赏。目前工龄最长的有26年，即1997年入职的员工两人，20年的员工有五六个，10年的就更多了。豪林居主要从关心员工生活、提升员工福利等方面，增强员工的凝聚力，对10年以上工龄的员工（现在已经发展到对5年工龄以上的员工），每月发工资的同时也给其父母发放敬老金。逢年过节、员工结婚等都有相应的补贴，尤其是每年春节，同样也给员工的父母和家公家婆（或岳父母）四人都发过节慰问金，对于公司这种道德经营、人性管理，员工们很感动很开心，觉得工作起来很有干劲儿很有奔头。

张楚雄带领的团队极具凝聚力，员工中工龄最长的已有26年

张楚雄为豪林居树立的“道德经营”理念，不是一句夸夸其谈的空泛口号，而是踏踏实实地落实在餐馆经营与管理行动上。近30年来，在市场形势极其严峻、行业竞争相当恶劣的环境下，面对整条美食街走马灯似的改号换店、停业破产等惨烈现状，在寸土寸金的美食街黄金地带，豪林居的经营铺面经过三次扩容，现已拥有600多平方米的经营面积，而且经营状况保持持续稳步、良好发展，效益基本实现预期。作为“中国名牌餐饮机构”和“老字号名店”品牌，豪林居能多年来持续受到食客的肯定，正是经营者一贯遵循“道德经营”理念，不忘初心，脚踏实地，追求精致，秉持“传承名特、诚信经营、至上服务”的结果。

豪林居，主业经营的传统潮州菜，作为闽南语系、客家语系乃至广府语系等广大地区相联系的大菜系，必将吸引来自五湖四海的顾客。而在移民城市深圳，任何一种传统地道的地方菜系，都将可能让闯荡深圳的游子们唤起乡愁、释放乡愁和留住乡愁，因此，豪林居也成为他乡遇故知、举杯诉乡愁的地方。

从美食街“下海”的老板

1

1998年，在八卦一路美食街数以百计的饮食店中，有一家区位优越、门面气派，颇引人注目的品牌店叫“海南椰林鸡食庄”。它坐落在八卦一路中黄金地段的豪林居餐馆斜对面，设在当时东方进出口公司物业的二楼。

走进食庄，只见2000多平方米的整层楼通体设计，显得宽敞、明亮、时尚、气派。在这寸土寸金的地段，食庄的老板舍得在大门口摆放一艘超大型的南海退役的木帆船，船上堆满了来自海南的青椰子和海南独特的各种有机食材。迎宾大门主墙悬挂着“碧海云天”主题的巨幅油画，画面中是“碧海连天远，天涯若比邻”十个大字。一进店门，迎面扑来的是热带海南的万种风情，食客可以感受到经营者将海南的人文风情、民俗文化融入了海南饮食文化这一主业之中。

就在这家“海南椰林鸡食庄”，我邂逅了一位海南老乡，他那年毅然放弃优越的“体制内”待遇，来到八卦岭八卦一路美食街，选择从这里“下海”遨游。

那是1998年的一天，我负责接待来自北京的中国社科院社会学研究所所长、社会学家、博士生导师陆学艺一行。陆老师是研究中国农村问题的专家，是个谦逊随和、平易近人的高级知识分子。多年前我在中国社科院研究生院社会学系求学，深得陆老师各方面的厚爱。后来老师每次南下，都会事先告诉我，我也十分珍惜跟随老师下乡进行“田野调查”或“农村课题调研”等机会。陆老师此行是到东莞调研“城乡二元社会结构”问题，顺便来深圳万丰村等地进行调研。我们中午在深圳商报迎宾楼用了午餐，席间我提议晚餐来个有地方特色的，于是晚上便由我安排在八卦一路美食街。

那个时候不兴提前订包间，我们师生吃饭也不讲排场，所以到了美食街再找心仪的餐馆。当来到八卦一路时，突然看到了这家新开的“海南椰林鸡食庄”，我欣喜至极，征得老师同意后，就到这家海南食庄，让大家尝尝我家乡的风味。前台迎接我们的是一位亭亭玉立的姑娘，礼貌地将我们引入了席间。我是个恋乡的海南人，突发奇想，调皮地使用文昌话发问，女孩高兴地用标准的文昌话应答如流。异乡遇乡音，我好不兴奋。据说老板是海南人，我便急于想认识食庄的老板。

老板姓戴，名泽民，真是名如其人，只见一个高大魁梧、与我年龄相仿的男子，笑呵呵地走到了我的面前。简单寒暄和介绍几句后，戴老板便介绍食庄的“经典菜谱”：海南的四大名菜样样俱全，文昌鸡、东山羊、和乐蟹、加积鸭，以及椰子、水芹、四角豆、八桂豆等各种时鲜蔬菜。点罢菜单，我便与戴老板聊他和他的食庄。戴老板一五一十、滔滔不绝，原来，他是在当时深圳各种繁多的菜系和激烈的餐饮市场竞争中，不顾亲人劝阻而大胆策划并经营带有浓浓海南特有风味的“海南椰林鸡食庄”的。他说，食庄的主要食材均来自海南，150多名员工也是来自海南。

在食庄的运营和企业文化中植入了大量海南的风土人情与海南特色文化，将海南少数民族特有的“竹竿舞”、海南山歌等特色文化融合在每天的营业中，让食客在用餐中亲身感受别具风韵的海南人文气息和文化风情。开店以来，食庄的生意红红火火，不少没有品尝过海南菜系的客人慕名而来，尤其是借这一场所，让一些在深圳工作的海南人聚会小酌或亲人聚餐回味家乡美食，让大家一起说说海南话，或静静地享受熟

八卦一路美食街，摄于2020年（马庆芳　摄）

悉的乡音、默默地抒发久违了的“乡愁”，其实都是一种情感释放和精神慰藉。

由于是第一次在该店请老师体验海南风味，我还是有点不放心，于是用海南话再提醒老板两句，戴老板充满自信地说：“你放心，我来安排。”现在回想起来，认识戴老板20多年来，每逢有事相求，他都是那句话：“你放心，我来安排……”

那天晚上的家乡风味，初识的戴老板算是给足了我“面子”，每一道菜经他一介绍，那都是有来历“有文化”的，海南菜系背后的很多故事我也是第一次听说。陆老师那天晚上很高兴，他说真没想到在深圳能吃上海南本土的名菜，老师还心血来潮评价了食庄：“美餐美意，欢饮满意，相聚惬意，回味胜意。”

在后来的很多接待和聚会中，我都特别钟情这家店。记得当年我在深圳市政府侨务办负责侨务外事工作时，有一次接待欧洲的老华侨回乡

团，他们提出不吃富临大酒店的“大餐”，而是想品尝一些地方特色美食，于是我又一次带我的客人到“海南椰林鸡食庄”品尝海南的美味佳肴。

开张不久，“海南椰林鸡食庄”就已经在当时业界声名大噪，还吸引了香港旅游美食家蔡澜先生的注意。蔡澜曾专门组织近300人的香港美食品尝团光临食庄，对该食庄的菜品及展示的风土人情异域文化给予了高度评价和赞赏，并在香港各大报纸和媒体进行报道，使得许多香港人慕名而来。蔡澜当时组织的美食之旅还反过来轰动了深圳的饮食界，使该食庄成为当时八卦一路美食街名噪一时的特色食府。

2

不知不觉地，与戴老板相识和交往，已有20多年了。实际平时上聚会不多，但若有事便肯定会想到彼此。这些年，我对老戴的身世和创业史也有了些许了解。

老戴的父亲戴志浩是一个老党员，1942年抗日战争时期参加了东江纵队，并在解放战争时期参加了解放深圳的战役，后来南下海南，在海南支援建设，一直到离休后才返回深圳。因此，老戴是生于海南、长于海南的客家人，他说他对海南有一种割舍不掉的特殊情感，一心想做弘扬海南文化的使者。我想这大概就是他要创办“海南椰林鸡食庄”的动因吧。

老戴是1983年因工作调入深圳的，他说作为一名东江纵队老革命的后代，他十分高兴能在青年时期，回到父辈曾经战斗过的地方，投身于深圳经济特区的改革开放和开发建设。来深圳后，他一直在国企工作，到了1998年，四十出头的他突然觉得不出去闯一闯、不出去看一看外面的世界，将会是一生的遗憾。于是，他毅然放弃待遇优厚、生活无忧的体制内职位，辞职下海经商。正是由于那份“海南情怀”，他下海时选择的第一个项目就是在八卦一路创办“海南椰林鸡食庄”，凭着一股拼搏精神，他精心策划、悉心经营，将食庄的海南饮食文化做到精良、极致，以至于食庄后来成为八卦一路美食街一道极具地方特色的亮丽的风景线。

老戴是个有理想追求、有文化情怀的人。他认准了目标便不懈追求，绝不怠慢。他不满足于食庄项目的风生水起，也不因市场竞争跌宕以致经营滑坡而气馁，他始终保持着一种饱满的创业热情，相信自己能成功。

从八卦岭走出去后，戴泽民一刻也没有停顿过，他还是热衷于瞄准创建优良品牌，不懈地创造和发展。很快，老戴创办了深圳市中南环保科技控股有限公司，随后，创办体育运动服生产企业，他的体育运动服装品牌“先锋鸟”享誉华南地区，成为深圳知名度较高的运动服装品牌之一。

戴泽民创办的深圳本土体育服装品牌“先锋鸟”，从2000年起曾多次与奥运会结缘

“先锋鸟”作为深圳本土体育服装品牌，从2000年起连续与多届奥运会结缘，其中凝聚了老戴多少心血和精力唯他自知。早在2000年悉尼奥运会，先锋鸟就成为中国体育记者采访指定运动服，2004年雅典奥运会期间又伴随着全国晚报协会记者走进了雅典，2008年奥运会，先锋鸟品牌受中国奥委会新闻委员会正式委托，为奥委会特制生产了一批服装装备。从2008年7月28日接到正式委托到服装空运北京，只有短短9天时间，完成了从设计、执行生产标准到完成12项特别要求等工序。老戴及其团队得到了中国奥委会新闻委员会的高度评价，还被称为拥有“特区速度”的生产模式、“特区速度”的工作精神。他在接受新闻媒体采访

时说："先锋鸟是深圳本土成长起来的体育品牌，一直不遗余力地支持着深圳乃至中国的体育事业，早在创建之初，就曾赞助过当时还处在低谷的中国女排。而三届奥运会的推广和整合，更使整个品牌的声望得到了提升。"老戴所说的一字一句都不是吹牛皮，可都是有板有眼、踏踏实实干出来的业绩。

3

2012年1月，我突然接到老戴的电话，说是有个好项目，他很兴奋想与我说说。我说你都那么成功了，还有必要那么拼搏吗?！半个小时后他来到我办公室，仅是三言两语，老戴就把我感动了。他居然与友人一起创办了"深圳市可持续发展研究会"，没想到坐在我面前的戴老板，摇身一变，竟成为学术性很强的深圳市可持续发展研究会会长了。该研究会旨在专题研究深圳城市的可持续发展问题。开始时我并不太看好，心想操办这种研究会的，要不就是专门的科研部门，要不就是政府隶属的事业单位，你一个搞企业的凑什么热闹啊！但是不久，老戴令我刮目相看。我连续接到他的喜讯：他竟然取得了商务部正式批准在深圳举办"中国国际智慧节博会"。

老戴最出彩的时刻是2015年8月26日。为期3天的"第六届中国（深圳）国际节能减排和新能源产业博览会"在深圳会展中心拉开了序幕。第六届"节博会"的主题为"节能环保，持续发展"，共有来自8个国家和地区的近500家知名企业、8批海内外展团参展，全面展示中国节能减排、新能源领域的建设成就和科技发展成果产业化。

那几天，国内很多主流媒体，包括香港的新闻媒体都在铺天盖地报道深圳的"节博会"，随便打开电视和手机新闻，便是老戴接受记者采访的画面。"节博会"已被誉为"中国绿色节能第一展"，到2022年，已经成功举办了12届。这些年，"节博会"致力为节能改造市场搭建供需对接平台，聚焦“节能环保设备与技术应用、节能环保技术项目对接、节能环保技术配套系统整合”三大方向，提供务实的交流、交易机会，已经成为节能减排和新能源技术的风向标、节能产品最全聚集地，是深圳推动节能减排工作的一张新的城市名片。

老戴是个思维敏锐、作风沉稳的人。从他的从业经历来看，虽然也有过波折和跌宕，但是他做事果敢、踏实，掷地有声。近年来，他还利用“深圳市可持续发展研究会”这一平台，积极致力于科技创新、科技产业升级、科技成果转移转化、知识产权的维护等领域，并取得不俗的成绩。

聊天中，老戴感叹时光过得真快啊，转眼间他来深圳就快40年了。我说：“你老戴也是深圳经济特区的第一代‘拓荒牛’啊，你参与并见证了深圳的建设和发展过程，无上荣光啊！”

老戴深有感触地说：“虽然我们的青春和汗水都奉献给了深圳，但深圳也给我们提供了很好的社会资源和发展平台，我们该感恩深圳，我更该感恩八卦岭工业区这块风水宝地，它让我在创业中学会创业，让我学会面对困难不折不挠，让我学会沉着稳健，迎接挑战。”

从航天部来的高工

听说我在写八卦岭的历史，初次见面，她给我带来了十几本被岁月熏黄了的《工作记事手册》，那是她在二十世纪八九十年代的工作笔记，让我十分感动。

她叫严素文，是1986年从航天部调来深圳经济特区的高级工程师。据她回忆，在1982年至1988年间，从航天部系统调来深圳的高级工程师，除她之外，还有陆永刚、王妙勇和叶华明三人。当时高级工程师若通过招聘或调出七机部，都要经过部长签字批准，所以她历时两年才得以调出。

严素文1960年3月毕业于南京工学院（现东南大学）无线电系，同年分配到国防部第五研究院（后陆续更名为七机部、航天部、航天科工集团）一院和三院，主要从事海防导弹末制导系统（雷达和雷达罩）研制和测试工作。其中前5年参军为技术军官，后集体转业为七机部。1983年被评为高级工程师，1985年获得国家科学技术进步奖三等奖。1986年4月调到深圳市工业发展服务公司新产品开发中心，开发出激光治疗仪（手术刀）样机。之后分别担任深圳市环冠企业有限公司经理，深圳市晶华器材有限公司董事，深圳鹏基集团公司投资委秘书处、发展部副部长，深圳金鹊电子厂董事兼副经理。1993年1月，在鹏基总公司提前退休。

1986年，严素文从北京来到深圳经济特区，一心就想为经济特区贡献自己的一份力量。刚到“工发公司”那阵子，无论什么活儿，只要是领导安排的她都绝无怨言。考虑到她是高级科技人才，公司安排她到科

从航天部调来的高级工程师严素文在二十世纪八九十年代的工作笔记本

技含量相对高的“新产品开发中心”工作。

不久，同事赵鲁光根据日本产品照片提出了激光手术刀项目研发生产方案，并负责抓总和机械部分（即操纵激光传送），严素文负责电气部分（即产生两种激光的发生与控制）研发。经过一年时间，他们就设计研发出了一台相当漂亮的样机。回忆当年研发过程，她自豪地说：“该产品全是我们调研有关医院研究部门（主要是上海）后自行设计并制作出来的（有较多外加工）。”然而，作为一个高科技机电产品，需要一定的科研经费投入，第一代激光手术刀样机出来后，曾经参加深圳市工业产品展览，并曾经拿去市人民医院临床测试，但有些功率等指标还不够标准，正需要在研发第二代时进行功率调整和增加数字化等，遗憾的是当时公司根本没有科研经费，最终致使该产品无法继续研发成品

1986年，深圳市工业发展服务公司新产品开发中心的工程师赵鲁光（右）、严素文（前排）等研制出第一代激光手术治疗仪样机

投入临床使用。

我的同事吴瑞雯，当年也曾是严素文的同事。她告诉我，当时她刚从重庆某研究所调到新产品开发中心，中心的科研条件相当差，设备也相当落后，她亲眼目睹赵鲁光和严素文两位工程师，为了开发新产品，整天加班加点。她说："我特别敬佩两位工程师那种严谨的科研态度和敬业精神，我作为刚毕业不到两年的大学生，是学材料学微电子的，我对电子线路是不熟悉的，完全帮不上他们。他们在科研条件和设备严重困难的情况下，利用不到一年时间，就研发出了激光手术刀，很令人敬佩。现在回过头来看看20世纪80年代'工发公司'的科研开发工作，最

具有科技含量，也是最浓墨重彩的就数激光手术刀的研发了。”

后来由于公司开发业务需要，组织上调严素文担任深圳市环冠企业有限公司经理，这个公司是生产草帽的，有人与严工开玩笑说：“你一个在航天部研究导弹的高级工程师，来深圳草帽工厂生产草帽，这是哪儿跟哪儿啊？太大材小用了吧？”她笑了笑，很爽朗地回答：“研究导弹的工程师多的去了，党需要干啥我就干啥。”

采访中，严素文跟我说，还真别小看那个草帽公司，它可是当时“工发公司”的独资公司，技术支持和产品销售得益于澳大利亚，在八卦岭生产草帽和呢帽，生产经营状况曾一度良好。可惜后来因澳商压价，以致经营无利甚至亏本，只好开辟香港市场和内地市场。

之后，严素文又像救火队员一样，先是被调回鹏基总公司总师办，后又任总公司发展部副部长，二级公司董事、经理等，从事了多个行业的领导和管理工作。

“深漂”：从台前走向幕后

一觉醒来，睡眼惺忪的他，环顾了一下巴掌大的客厅，只见满桌的鸭脖残骨、啤酒饮料瓶，狼藉不堪……

其实，往常的他不是这样的。

他没有喝酒的习惯。连日来的加班实在太累了，昨晚同事们都歌舞喧嚣放松去了，他决定趁着周末早点回家好好休息两天。记得昨夜下班在上地铁前顺手买了些自己喜欢的烤鸭脖，回到八卦岭24栋楼下小店又顺便买了几瓶啤酒饮料。

他对生活的要求一向很简单，正餐常常是一个盒饭或炒粉，闲暇时喜欢啃啃鸭脖、看看电影。记不起来自己是什么时候开始喜欢鸭脖的。

洗漱间隙，他发现自己最近稍微有点长膘。望着镜子中的自己，他突然很不满意自己昨晚的任性，决定趁这两天好好梳理一下自己，再也不能这样下去了。

1

他叫肖力志，早在浙江传媒学院读书时就已经是小有名气的歌手，曾经参加过《快乐男声》选拔，收获了不少歌迷。但是，很多认识他的人不理解，当年在江南一带已经开始走红的他，怎么会忽然决定回深圳发展？即使要“漂”也该向北漂才是啊。

肖力志并不这么认为。“我，想家了！有一天演出结束时，面对空荡荡的舞台，我突然特别想家，想自己的父母。作为客家人，我的家庭观念比较传统，从小在广东长大，习惯了广东的人文气息。在外地漂泊了几年后，对于家的向往和牵挂愈发强烈。”

他说，他是广东韶关人，习惯了广东的地域文化和氛围，早上起来可以吃肠粉喝早茶，中午可以吃烧腊饭煲仔饭，晚上可以打边炉喝靓汤，无论多晚都还有大排档。父母亲其实不反对他在外地闯荡发展，只希望他过得好，但当他试探性地说想回深圳发展时，他发现父母亲显得特别欣喜。他说：“去了全国很多城市，甚至也出过国，当最终在去远方发展还是回广东创业之间选择时，我还是选择了回到广东来。因为我发现，我还是最爱广东。我未来也想让我的孩子，用一口标准的粤语介绍自己‘我係广东人’。”

哦，我明白了，这种“深漂”是一种乡愁，这乡愁里却有一种满满的责任感。

肖力志还给我一种很孝顺和很有担当的感觉。他应该就是广东新客家人中那种懂事、孝顺和感恩的“乖仔”。这些年来，这种“广东仔”我认识不少，他们不像祖辈那样因为生活所迫而不得不漂洋过海，他们即使选择到外地读书，当发展事业时会毅然选择回到广东，回到离父母亲比较近的省内城市；他们追求独立的创业和生活，不轻易继承父业。但是，他们却像从小不离开父母视线一样，会有一种与生俱来的责任和担当。在同样是“漂泊创业”的选择中，以一种沉稳的心态选择尽量靠近父母的城市生活。当然，这也丝毫没有影响他们对专业或事业的追求。

肖力志与众多的文艺青年一样，来到深圳依然不放弃艺术追求，选择与自己专业相近甚至一致的工作。尽管这种机会较北京、上海少，困难也比较大，但是很多从事文艺工作的年轻人一开始都宁愿工资低些、工作辛苦些，也不轻易放弃专业追求。就这一点而言，肖力志走到今天，算是同行中比较成功的一个。当然，他也许只是极少的幸运者

生活在八卦岭的5年里，肖力志每天都会经过八卦三路

之一。

那是2014年7月，他带着追求艺术的梦想，踌躇满志地踏上了深圳这片热土。先是在龙华安顿了下来，然后开始在深南路上的凤凰大厦一家纪录片公司工作。由于工作太忙，为了加班方便，不久他便搬到了白领聚集的八卦岭。在八卦岭，他一住就是5年。

当时的八卦岭，给他的感觉已经十分繁华。尤其是到了晚上，以八卦一路为主的美食街热闹非凡，全国各地的美食都在这条美食街争相汇聚和展示，劳累一天的人们相约到这里聚会，他们或是来品尝闻名已久的“老字号”美食，或是三五乡友相聚家乡特色餐馆畅叙乡情，或是当年闯荡特区的“深圳人”在这里迎接新的深圳人。而肖力志刚刚来到深圳，人生地不熟，加上整天加班加点，灯红酒绿的八卦岭对于他来说就只是一片亮丽的夜色。

八卦岭，就像大海的一个入海口，它张开着宽阔的胸怀拥抱来自五湖四海的河水溪流。它不像有些城中村的狭窄街巷暗淡灯火，而是宽阔笔直的街巷、井然如织的楼房、火树银花的街市，即使深夜都让人流连忘返。

其实，早在20世纪80年代，八卦岭就以其开放的姿态，筑巢引凤，迎来早期的港澳台投资方乃至海外的“金凤凰”，是一个闻名国内外的改革开放示范工业区。刚刚入住八卦岭的肖力志，尽管工作繁忙还来不及享受八卦岭多姿多彩的夜生活，但是每天晚上回来，他能从街市的斑斓璀璨中感受到八卦岭有如杭州西湖边一样的都市夜色和美妙生活。

时间过得很快，肖力志的角色转换也还算顺利。他从在大学的“校园风云人物”、大江南的台前歌手，很快转换成深圳某纪录片公司的幕后制片助理，之后不久又成为执行制片人。我最关心的是这一角色转换对他的艺术初心是否有影响？他的回答果断而坦然：绝对没有。他说他对音乐的酷爱和追求没有改变，而且工作性质也相当接近，再说“明星艺人”本来就不是他的追求和梦想。

话题很自然地聊到目前的工作状态。回想几年前在八卦岭的生活，他还是难免陷入一种复杂的回忆和沉思之中。

其实，打工的生活始终是动荡不定和缺乏自由的。

肖力志是那种喜欢不断思考和评价自己工作状态，然后及时调整自己的工作情绪、工作状态，甚至更换工作环境的人。在纪录片公司担任制片助理和制片人期间，面对经常性的加班加点甚至全天候的工作状态，他时时刻刻告诫自己“加班是正常的”。是的，加班是正常的！这句话还是当初大学即将毕业时那个懵懂的自己说的，自从工作以后，这句“预言”就常常在提醒自己。有一天晚上，已经连续加了好几天班，但工作效果还不尽如人意的他，正疲惫地赶着最后一班地铁。走在那条连路灯都已经“下班”的路上，无名之火顿时冲口而出，觉得这没完没了加班的日子没法儿过了，满脸的沮丧和委屈让他顿时开始思考是否该换换工作了。就在这愁绪即将蔓延扩散时，肖力志从黑暗的路口走进了明亮的地铁口，或许是因为连日熬夜，又或许是因为刚走了一长段黑暗的路，地铁口过于“热情”的灯让他感到有些刺眼和疲劳。因为没人，所以地铁电扶梯的运作和灯管的声音都显得格外的清晰。就在踏上地铁电扶梯的那一刻，肖力志从扶梯顶上的反光玻璃中看到了自己的一脸怨气和倦容，猛然间耳边又回响起了自己当初懵懂的“预言”。此刻这所有的沮丧和委屈，并没有比自己的“预言”差多少，为什么就开始怨天尤人，甚至想放弃了呢？就在这一瞬间，他本能地振作了起来，犹如那最后一班地铁，虽然很晚但依旧不知疲倦地奔跑。

第二天周六一早，他决定下楼走走，开始恢复运动锻炼。

其实，自从来到八卦岭，他还没有一个周末如此早起。他走出租住的7021房，沿着宽敞的楼梯一步步地往下走，这几个月来，他从来未曾如此缓慢而用心地走过这楼梯，平时这“七十二家房客”集聚喧闹的24栋，今天平静得像帕米尔高原冬天慕士塔格峰脚下的卡拉库里湖，还在沉睡的状态，尽管隐约可以听到楼下的叫卖声。走到上林苑酒店时，他突然冒出是否进去喝杯咖啡的念头。哦，不！不！一想起“咖啡”二字，他立即想吐！因为前两天晚上加夜班，他将大办公室里供员工茶歇的咖啡统统喝光了，估计在半年内他都会有“咖啡恐惧症”。他决定往西走，到深圳体育馆去活动活动。

从小喜欢运动的他，到了体育馆就条件反射般不知不觉地跑起步来。在跑步锻炼过程中，他一边听着耳机里的音乐，一边看着周边的人和事，思考着要尽快调整好自己的心态和情绪，以积极的精神面貌迎接工作，同时恢复自己多年来坚持运动锻炼的习惯，开始尝试“夜跑”。他有点惊讶自己到深圳后只顾全身心地投入工作，而忽视了锻炼身体，错误地认为工作也是锻炼身体，以至于年纪轻轻却显发胖相，且精神状

肖力志为了给工作减压，在八卦岭租住的后几年，每天都会坚持到深圳体育馆跑步

态已经越来越失去大学时代的阳光神采和生机活力。于是，他要求自己坚持初心，不管工作多忙，把每天坚持“夜跑五公里”作为锻炼目标，从而找回自信，重振精神，以更饱满的热情和干劲儿投入工作。

自从肖力志为他的“鸭脖事件”懊恼、自责和自省之后，他的工作状态很快调整过来，从一个制片助理，很快成为一个项目经理、执行制片人……

2

2015年的下半年，住在八卦岭的肖力志，已经习惯了常年加班的工作，还享受了坐公共汽车上下班的乐趣。“我可以说是八卦岭的‘地头蛇’，因为我住的24栋是八卦岭工业区最老的职工宿舍之一，每天早出晚归，是八卦岭交通从公共汽车发展到地铁的见证人，同时可以算是从

2019年10月8日，肖力志搬离八卦岭的这天，特意在房门口留影纪念。这是他租住了5年的7021号房

八卦岭走出来的‘打工仔’和‘管理者’。”他高兴地把自己与八卦岭工业区、与深圳这座城市的建设和发展联系起来，情怀拳拳、自豪满满。

搬到八卦岭没多久，就有一个更好的“创业机会”降临到肖力志的身边。他的学长创办的艺考培训机构求才若渴，急需老师，由于专业对口、梦想可期，他决定放弃手中不错的工作，去追求自己真正向往的梦想。

肖力志决定继续住在八卦岭，每天乘车往返共30多公里到机构所在地世界之窗附近上班，一路虽然耗费时间但也很有收获。直到现在，他都十分喜欢乘坐公共交通通勤的状态。他说，在车上可以饱览城市一路风光景色，可以在车上享受红男绿女行色匆匆的城市人文风情，还可以在车上闭目养神甚或小睡一会儿。有一段时间加班特别累，他一上车就特别想睡觉，哪怕是站着也能睡一会儿，而奔驰着的公共汽车每一次到达八卦岭站他准能醒来，几乎没有误过，这种神奇连他自己都惊讶。他说："在短短几年内，我从坐公交车到坐地铁上班，算是见证了八卦岭乃至深圳城市的发展速度。"

直到好几年后的今天，肖力志还十分怀念生活了5年的八卦岭，他说他永远不会忘记在八卦岭生活的那些日子。他不假思索地说出当年搬出八卦岭的时间，那是2019年10月8日，为了工作和生活更方便些，他搬到了离上班地点更近的白石洲。

肖力志与众多在深圳打拼的青年不同的是，他的工作比较稳定，轻易不换工作。回顾自己9年来的两份工作，他觉得自己学到了不少东西。第一份工作虽然与自己的专业有点距离，但仍然是文化艺术类行业，完成了从台上到幕后的角色转型。这种转型，在行外的人们看来似乎很简单，不就是换了一份工作嘛，然而，对于一个曾经在舞台上赢得成千上万名观众喝彩的歌唱演员来说，转型实际上无异于"改行"，几乎等同于"脱胎换骨"。第二份工作刚开始时，他是从最基层的教学工作做起，当时的机构还是一个小团队，是一个工作室在操作，而正式打工的就只有他一个人。他从一个任课老师、一个普通员工开始，辅导准备艺考的学生们一些必备的专业基础知识和艺考技能，之后机构不断发展，他又当上专业班的班主任。几年里，他和他的同事们将一个个艺术专业的"门外汉""艺考小白"，培养成艺考"考霸"，帮助一批又一批优秀艺考生顺利进入全国各艺术院校。与此同时，肖力志也一路循序渐进，从担任机构的项目负责人、核心合伙人到掌舵人物。无论在哪个职位，他都兢兢业业、踏踏实实，任劳任怨，勤奋工作，都不负使命，创造业绩。

当回顾在艺考培训机构工作的8年，肖力志颇有感慨，一时间陷入了

在深圳的第二份工作，肖力志（前排中）选择成为一名艺考培训机构的教师，带领一批又一批的艺考学子迈进全国各艺术院校的大门

短暂的沉思……

肖力志是个爱思考的人。从第一份工作时迷惘的心态调整到第二份工作状态的确定，都与他努力学习、勤于思考和为人处事的风格有关。他始终不忘初心，为了梦想，学会审时度势，适时调整自己，以适应工作和事业要求，这也许是他的事业走向顺境的重要因素。他说，在深圳的这些年他的经历很丰富，但归纳起来，有以下几个关键词：阳光向上、脚踏实地、追求梦想、创业精神、成就感。

他认为，培养学生的过程，是与学生“共情”的过程，是以一种温度去温暖去感化学生的心，让他们找到自己人生追求的目标，这种成就感比演唱一首歌而博得成千上万人喝彩要大得多。每年陪着学生实现他们的艺术之梦，肖力志也感到无比骄傲和自豪，那是一种沉甸甸的成就感。

看得出，当老师和当校长的肖力志，似乎会比当歌唱演员的肖力志沉稳许多而且底气更足。我想，那应该是另一种崇高的使命感和事业心所使然。不管怎么说，成就感肯定是属于那些锲而不舍追求梦想、孜孜不倦坚持初心、不畏艰难困苦而献身事业的人。

“我回来了！八卦岭”

2019年8月初的一天，乡子来电说，他的新公司将于8月8日在八卦岭工业区成立。这是一个特大喜讯！虽说到深圳打拼14年才成立公司，速度有点儿慢，但对于乡子来说，那是他人生的一个相当不容易的转折。

2005年8月8日，乡子第一次应聘到八卦岭一家公司上班，一干就是8年。8年后的又一个8月8日，他“炒了老板的鱿鱼”，离开了八卦岭。乡子告诉我，14年前的8月8日应聘成功是个巧合，8年后的8月8日选择离开公司是图个“圆满”，而14年后的今天选择8月8日创立公司，纯粹是提醒自己：这是一个从零开始的新起点。

我是冲着“设计之都”来的

乡子，原名史光耀。2005年秋天，毕业于兰州大学美术系艺术设计专业的他，出于对专业的追求，只是从媒体报道上听说深圳正在打造“设计之都”的消息，便毅然放弃留校任教的机会，只身来到了陌生的深圳。

刚到深圳的第一天，他在亲戚家暂且安顿后出门走走，在路边随手买了一张报纸，一则招聘广告跃入眼帘：“零点星影视文化发展公司招聘摄影职位”。这对于刚刚在大学举行过个人摄影展的乡子，无疑是个惊喜。“不行不行！”他突然反应过来，“我是冲着‘设计之都’来的，怎么可以去当‘摄手’呢？”虽然不是艺术设计公司，但也是一个就业机会，他决定“投石问路”，碰碰运气也好，试试实力也罢，主要是想看看自己在这个城市“算不算个人才”。于是他决定向该公司发一封邮件，连简历都没有提供，就随意地写了几句自荐的话。

也许是机缘凑泊，第二天他居然收到该公司的回电“请速来公司面谈”，反正也没什么事，他便几经辗转来到了八卦岭。此次见面，他当场就被公司的老板留住了，开始了长达8年的八卦岭打工生活。

我突然想刺激下乡子：“你口口声声是冲着‘设计之都’来的深圳，却从第一份工作开始就‘忘了初心’，而且一干就是8年，你怎么解释？”

乡子愣了一会儿，回答道：“怎么说呢？艺术设计首先是艺术吧，如果说初心那就是‘艺术初心’吧！摄影以及后来从事的影视摄影、纪录片摄影等都与专业的‘艺术初心’密切相关。”其实自从大二那年一个学期的摄影课开始，他就对摄影艺术产生了浓厚的兴趣，这才有后来大四的个人摄影展。当初应聘时，思想有顾虑，知道自己一旦进入这个公司，就意味着要放弃艺术设计专业而进入影视行业了，专业根本就不对口了。当时公司也只是拍一些商业性质的影视广告片，但那天应聘，老板给他的感觉还不错，于是鬼使神差地当天就留下开始上班了。

我很赞赏乡子扩展“艺术初心”的说法，确实，不管从专业发展的角度还是生活现实的角度来说，都需要从狭隘的专业初心向拓展的专业初心转型，除非你是高精尖的专业人才，否则，你将面临工作与基本生活的窘境，尤其在深圳。乡子从喜欢的专业摄影工作开始，始终保持一种“艺术初心”的追求，从而在提高摄影专业技能的基础上，开拓一个更适宜自己发展、更能实现自身艺术追求的专业领域，应该说这是一个很理想的选择。所以，当他考虑自己创办公司的时候，4年的艺术设计专业知识与14年的摄影艺术实战经验，二者唯一相通的是什么？应该就是“艺术感觉”，具体来说就是艺术审美、艺术视觉等方面的东西，这个时候来选择创办公司的经营范围和目标市场，当然是14年来自己驾轻就熟的摄影艺术了。

这大概就是乡子在八卦岭工业区正处区域转型升级、房价租金飙升的时候，还很固执地选择回到八卦岭创办公司的原因吧。

“我回来了，八卦岭！”，我很理解乡子选择回归八卦岭的心情。其实，这不但是一种文化情怀，更是一种格局使然。

工作着是美丽的

在这8年里，乡子同样也经受工作的烦恼、生活的窘迫和精神的困惑。初到深圳时，他寄宿在亲戚家的大厅，睡了一年多的沙发，上班离家又很远，生活过得相当艰苦。对待繁杂的工作内容，乡子也渐渐转变心态，把老板让他尝试多方面的杂活和多专业领域的工作，当作是老板对他的培养，让他不但学会独当一面，而且让他尝试多方面的工种，学习多方面的技能，从而能够应对更复杂的挑战、驾驭更大的局面。

“工作着是美丽的”，乡子做到了这一点，他是幸福的。

有了这种格局和境界，乡子的工作便博得老板和客户的信任、赞誉。随着公司业务的扩大和客户的高端化，他独自担当起不少大客户的商业广告拍摄和项目档案的纪实拍摄工作。从京基100的项目拍摄到卓越商业地产项目的拍摄，从参加房地产交易会活动的拍摄到海南观澜湖项目可行性研究的拍摄等等，都留下了他稳健、敬业和高质量的职业摄影纪录。乡子说，那年坐着火车来深圳看到地王大厦时，就想着将来有一天有机会上地王大厦旋转餐厅看看深圳就好了，后来因为工作需要，他负责拍摄记录京基100的建设过程，所以每周都免费上地王大厦拍摄记录京基100建设进度。说到这里，他很坦然地说自己是一个幸运的人。

得益于这份工作，乡子在出差时也常常遇到优厚的接待，比如大客户接待很多是住五星级酒店、用大餐等，这对“打工仔”的乡子来说也是一个精神心理方面的熏陶和考验。乡子说，他有段时间觉得正经历着生活上的“冰火二重天”：往往是早上坐飞机去海口，豪车接待、住豪华宾馆、吃大餐，第二天回公司骑着破单车回到自己租住的“狗窝”吃着泡面。这种生活上的强烈反差，如果缺乏自审意识，如果没有将反差转变为一种积极向上和追求生活的动力，那么，很容易造成心理感觉倒错，对生活产生悲观失望和萎靡不振。

在深圳这个张扬开放、崇尚个性自由的城市，能够坚持在一家私营公司工作8年，那是很不容易的。乡子内心充满了感恩之情。他说，8年的摄影摄像工作，让他拓展了新的专业领域，老板给予他一个可以自由发挥才智的平台以及足够的宽容和支持，让他在收获专业知识的基础上学会了许多为人处世的道理。他谈到在拍片过程中，由于缺乏经验，曾经出现摄影器材遗失和被盗的事件，在按照公司有关规定进行必要的赔偿后，老板对他仍是安慰、鼓励和一如既往放手让他工作。在平时，老板总是鼓励他尝试各种不同的工种，让他得到了各方面的锻炼。在私营企业工作了8年，这种感情经历肯定是有很多故事的，乡子能够保持感恩与平和的心态，回顾自己的过往，这是最让我欣慰的。

世界那么大，我想出去看看

乡子是2013年离开的八卦岭，那是他来深圳以后工作了8年的地方，他心里当然会有诸多难舍。我不忍心顺着采访思路追问他当时为什么要离开那个公司，是什么诱因催发和促成他离开。

乡子并不避讳离开的话题。在他说的很多的成因中，无外就是一些具体工作、人际关系、发展前途之类。我跟他说，很多具体的生存细节问题都不是你要离开的真正动因，而只是操作层面的诱因，促使你非走不可，对一个具有艺术追求精神的人来说，真正的成因应该是：世界那么大，我想出去看看。

乡子很认同我的说法，他也意识到外面的天地很大，一直想出去看看，但总是下不了决心。2012—2013年，他的奶奶、外公、外婆相继去世，失去亲人的痛苦和繁重单调的工作，以及职场复杂的人际关系，所有这些诱因成因凑到了一块，让他身心疲惫，促使他下决心离开公司。

大凡要“炒老板鱿鱼”的打工者，都是事先经过一番筹划和准备，起码有另一份更好的工作或新的创业计划在等待着或在准备着。然而，乡子是个性情直率而单纯的人，他说走就走，潇洒得很！连一条后路都没有准备。

我正要说他辞职的鲁莽，他接着说：8年的拍摄工作让他疲惫不堪，他实在累到没有了感觉，几乎失去初心。他想辞职后好好休息一下，认真思考自己以后的人生，他不想接下来马上上班，然后又开始另一个回合的职场“车轮战”。

然而，生活毕竟还是很现实的。当休息得差不多的时候，接下来便是理想与现实的博弈了。我问他，出来后的第二份工作是做什么？他思忖了几秒钟，然后说他离开后的差不多2年时间里，基本上没有真正在一家公司工作过，很多都是打了一周半个月短工就不想干了，感觉特别不好，加上总是想家，精神状态没有调整过来，他总感觉自己会有更好的机会。那2年里，他坚持广泛阅读和看电影，从文学到艺术、摄影学到电影学、从《当幸福来敲门》到《阿甘正传》，凡是励志的、艺术的片子他都喜欢，他说那2年是最艰难的，但就是不想上班，然后还觉得自己会有“幸福来敲门”，很奇怪的谬想。

事实上，幸福在不久后就敲了乡子的门，“明天的太阳”在不久后就照耀了乡子的心田。那年，深圳市一家文化公司请乡子参与拍摄云南歌唱演员玛嘉加朵的纪录片，过程中他认识了深圳市电影电视家协会主席李亚威，后来又通过李亚威认识了著名作家苏曼华，我也是那个时候认识的乡子。然后就有了参与电影《鹰笛·雪莲》的拍摄机会，接着就有源源不断的参与策划拍摄电影、纪录片的机会。

2014年，乡子在帕米尔高原，参与电影《鹰笛·雪莲》的摄制工作

2014年8月，我应新疆维吾尔自治区喀什地区塔什库尔干塔吉克自治县（以下简称“塔县”）县委宣传部之邀，赴塔县参加“塔县成立60周年庆典活动暨第三届丝绸之路帕米尔旅游文化节文艺晚会”。8月的帕米尔高原，天气温差相当大，早晨是刺骨寒风，中午却是灼心烈日，炎阳似火。在塔县阿拉尔金草滩的电影《鹰笛·雪莲》拍摄现场，我与乡子不期而遇，那是我与他的第二次见面。当时，乡子正在追拍深喀两地小演员何牧谣和古丽娜热的舞蹈花絮，瘦削的小脸加上皮肤本来有点显黑的他，在高原的炎炎烈日之下越发黝黑，如果不是他先与我打招呼，我简直认不出他来。

乡子这是第一次参加电影摄制组工作，他负责的是《鹰笛·雪莲》

剧组现场的摄影纪录和花絮拍摄，说起这一次的体验，他的脸上流露出很满足的笑容，我感觉他最大的收获应该不是拍摄技巧方面的，而是他从此打开了一个更宽阔的专业视野，走进了一个离他梦想更近的情景。他有点激动地用“否极泰来”形容那次参加野外电影拍摄的机会，他说，从那一次开始，他重新调整了工作心态，真正回到了脚踏实地追求梦想的路上。

走在守望初心的路上

在2014年下半年的一天，深圳市凤凰涅槃艺术团团长郭丽英找到了我，希望我来执导拍摄一部该团的纪录片。郭丽英知道我当时正在参与执导深圳电视台的30集大型人文纪录片《追梦中国》节目，我虽然对这个选题很感兴趣，但出于工作职责与纪律等种种考虑，我只好婉言谢绝，并介绍她认识深圳市电影电视家协会主席李亚威，希望由李亚威执导。由此，乡子便被选为该片主创摄影人员之一，负责全程追踪采访拍摄工作。

乡子在回忆几年间追踪拍摄凤凰涅槃艺术团团长郭丽英及团员们热爱生命、与病魔抗争的故事时，掩饰不住内心激动而忧伤的矛盾心情。他说，那几年，他一直在跟踪追拍艺术团病员的真实故事，自己的心态和精神也在随之蜕变。

他从2015年开始一直拍摄了几年时间，包括团里活动、病员的慰问演出与治疗甚至送葬，反正只要有活动有需要他就随叫随到，尽量多点记录保留下来。现实生活中，有些人对癌症病人这个群体多少有点忌讳，他从不适应到适应，最终被病人们阳光心态和励志精神所感染，他说，艺术团有着强大的气场，在郭丽英的带领下，大家形成了坚不可摧的力量，让你感受到人性的闪光和生命的力量。我很熟悉乡子那些年追踪拍摄的情况，我觉得他在拍摄过程中已经完成了自己的转换，他不是

2015年，乡子以“守望”为主题，举办了人生中第二次个人摄影作品展

一个一般的追随拍摄的角色，他一边在近距离地与病员交流，一边接受一种精神力量的熏陶和生命的洗礼。

乡子在谈追踪拍摄癌症病人故事过程的感受时说，自从拍摄了这个专题，他对人生有诸多的思考和感悟，也增添了一种责任感，他真正觉得自己开始走在实现艺术初心、追求艺术人生的路上了。

在第五次采访乡子的时候，我引导他跳出八卦岭看世界，回顾近几年从帕米尔高原电影拍摄到追拍凤凰涅槃艺术团，再到他在2015年举办人生第二个摄影展览。

人生回顾起来，常常颇具戏剧性。早在整整10年前，乡子还在兰州大学读书时，就举办过一次个人摄影作品展。书生气很浓的他，自认为有点文化情怀，希望在自己步入社会之前，对自己来一次自我评判和社会认同。相对于10年前的展览，2015年这一次摄影展览，应该说文化内涵和内容表现更加丰富，艺术表现力和艺术张力也更强些，既有艺术性强的作品，也有颇接地气的作品。摄影展的主题叫“守望”，意为守望初心，坚持追求。在艺术作品中，对影调、构图、色彩和隐喻等方面都有自己的创意，以至于有些人看了总是对个别作品的“暗调”和“灰调”等横加批判。这当然是乡子意料之中的，他坦然。在乡子看来，这次展览，让他从以前爱好艺术，蜕变成坚持和守望艺术初心、张扬艺术情怀与艺术精神、对艺术追求与渴望大声呐喊。当然，这次展览也是他走向个性艺术追求的大胆尝试。

茶叙中的乡子

2019年，乡子的文化传媒公司在八卦岭挂牌成立了。在祝贺乡子的同时，我想知道两个问题：一是为什么千辛万苦还是要回到办公租金昂贵、创意文化氛围稍逊的八卦岭来，二是公司的未来愿景和近期目标。

乡子那天心情特好，有意与我拉开话题。他说他这个人比较怀旧，天生是带着“乡愁”游历的人。在八卦岭打工8年的经历和感受，将作为他一生难得的生存记忆永远伴随着他。那8年，虽谈不上取得惊天动地的成就，但他有朴朴实实的隐忍、谦卑、勤奋和不懈追求，而八卦岭是记忆的载体，这里的一草一木、一街一巷，都有他生活的影子和情感的灵魂。他选择回到八卦岭来办公司，就是要时刻提醒自己：守望初心，记住过往，一切从起点开始。

乡子说他的性格和人格心理特征中有一种天生的静穆甚至是抑郁特征。但为什么这么多年经历过那么多艰难困苦，他能够自我排解抑郁情绪，时刻保持向上追求的心态？主要靠他的“一动一静”。所谓

在离开八卦岭6年后，乡子又重回八卦岭，开启了创业之路

“动”，是他自小就喜欢武术，几十年如一日，坚持习武，他的拳术、搏击、三节棍等技艺在兰州大学和深圳行内小有名气。这种运动习惯，多少消解了他工作和生活带来的一些郁闷情绪。所谓“静”，是他对艺术的不懈追求，对哲学、文学、历史等文化的如饥似渴的学习，在深圳生活最艰难的日子里，阅读是他最重要的释放和解脱，也是他重新找回坐标的心灵灯塔。相信乡子的这一感受，是很多游子“人在旅途”的真实写照和“心灵通证”。

乡子在描绘公司的未来蓝图时说，拍电影和纪录片，始终是他的梦想。公司的使命是通过影视和纪录片的传播载体，传播中国传统文化，弘扬新时代精神。他正在着眼于武术传统文化题材的系列纪录片创作，接下来还准备策划关于祠堂文化方面的纪录片。

踌躇满志的乡子，像接待一个闲来茶叙的老友，慢悠悠地给我续上一杯清茶，然后将他的“八卦岭大业”淡淡地散播在茶香之中，让我想到了人生励志中，其实还有另一个清心寡欲的境界：去甚、去奢、去泰。

八卦岭，我的乡愁

20世纪80年代的深圳经济特区，是青年人向往和寻梦的地方。很多来自全国各地的大学应届毕业生、农村青工，甚至机关、企事业单位的职员，他们把深圳经济特区作为寻梦圆梦的天堂，他们中的很多人，其实平生没到过南方，更不了解当时的深圳，而只是听说过毗邻香港的深圳在建设经济特区，于是义无反顾地闯荡而来。

我从对深圳有所了解到做个深圳人，也有个过程。我是海南人，在广州读书毕业后分配在当地工作，先是留校当老师，后成为报刊记者，再到广东省政府某机关某处工作。因为工作关系，多次来深圳出差，对深圳还算比较了解。

1991年7月，我作为中国社科院研究生院社会学系的在职研究生，根据当时中国社科院社会学研究所陆学艺所长、张雨林教授和李培林博士对“中国社会转型期城乡关系问题”重点课题的研究要求，带着调研任务回广东进行“南方城乡社会协调发展问题”的社会调研。回到广州，我先是拜访了时任中山大学社会学系主任的何肇发教授、广东省社科院院长张磊和社会学所（筹建）负责人詹天庠所长，之后在时任广东省副省长匡吉、广东省委经济工作部部长施芝华、广东省经济委员会委员杨开茂、广东省企协秘书长郑林书和广东省供销社主任谢永强等有关领导的关心支持和指导帮助下，对珠江三角洲的佛山顺德、江门、中山、东莞以及深圳等城乡进行重点调查，并多次到深圳经济特区进行“农村剩余劳动力转移”和“深化企业内部改革”等问题的调研。当时的分课题

1992年，作者在八卦岭工业区鹏基总公司的宿舍兼书房

研究成果主要有：《试论开发中的农村剩余劳动力转移问题》（部分发表于《特区经济》杂志1992年第2期）、《关于增强企业凝聚力的社会学思考》（发表于《社会学研究》杂志1992年第4期）。

在深圳进行课题调研中，结识了一些领导和朋友，我对深圳经济特区也有了更多了解，便决定闯深圳了。二十世纪八九十年代的干部调动是很麻烦的事情，当时由于一心想从事社会学研究，我于1991年下半年已经接到时任广东省社科院院长张磊同志批准并发来省社科院的商调函，拟调我到省社科院新组建的社会学所工作，但由于当年的省厅机关调动仍存在协调住房问题，于是我心一横，决定干脆趁单位同意放行调到深圳去。于是，时任广东省供销社主任谢永强同志在我的《申请调动请示》中批字：同意给予半年时间协调工作单位问题。还特别交代：若限定的半年时间内还没调入深圳，就必须准时回来工作（这一批示，在当时封闭的干部体制下算是省厅领导十分关照且"网开一面"了，因为当时深圳的干部正式调动需要统一考试和缴交"城市增容费"，最快也需要4—6个月时间）。我到深圳找工作，先是在报社、杂志社当了3个多月的记者、编辑，后来发现离限定的时间已不到3个月，而我还没能被调入，于是我决定放弃公务员身份先调到国有企业去。结果很快被当时的深圳市鹏基工业发展总公司录用并正式调入。于是八卦岭成为我在深圳饥寒交迫、流离失所时拥抱了我、收留了我的感恩故园，也成为我多年来的一个乡愁！

犹记得我在八卦岭的那一面“书墙”。当时的八卦岭工业区，号称是8万青工寻梦的地方，但生活条件还是很差。作为其中的一个“寻梦者”，我算是生活条件比较好的了。公司分配给我一个20多平方米的大房，足以让我安置好我的宝贝书籍。当时由于经济原因没有购买书柜，暂时没开箱的书不用担心收纳问题，大部分开箱的书只好利用两面墙，里三层外三层，依墙摆放，而小部分常读常用的书则放在从广州带来的小书架上和书桌、睡床上。有时候，两面书墙会因为重心偏倚或拿书不小心等原因，顷刻间“轰”一声坍塌，千册图书散落满地……由此我妹妹常常笑我摆弄书墙是老顽童“玩积木”。

前不久，在整理书籍中，意外地找到了那本叫《书恋》的小书，那是1992年出版的深圳市首届百位藏书家的藏书读书交流合集。在为书拂尘时，30年前那段往事犹如发生在昨天。那是1992年6月一个周末，我到深圳图书馆还书的时候，偶遇该馆的潘德明、杨彦庄两位老师。她们带给我一个好消息：由深圳市委文明办、深圳图书馆、海天出版社、深圳特区报文艺部和深圳读者联谊会联合主办的“深圳市首届百位藏书家”评选活动即将拉开序幕，两位老师鼓励我报名参评。

当时从广州搬到深圳，送我过来的是一辆可载重两吨半的货车，车上满载着我的90多箱书籍，那是我积攒了多年的主要“家产”，这在当时深圳的朋友们中也算是一则“新闻”。那年头，爱读书的人，去到哪里肯定首先认图书馆的门，而我好像是在某个活动上先认识的杨彦庄老师，然后才通过她认识了深圳图书馆的潘德明老师，总之，两位老师后来为我读书提供了很多方便，也给予我很多帮助和教导。当时，由深圳市委文明办等单位联合主办的此类文化活动不多，市里要举办“深圳市首届百位藏书家”评选活动，而我也不过3000多册藏书，不知道这个藏书数量在30年前的深圳处于什么层级，本该参与活动，但又怕人家笑

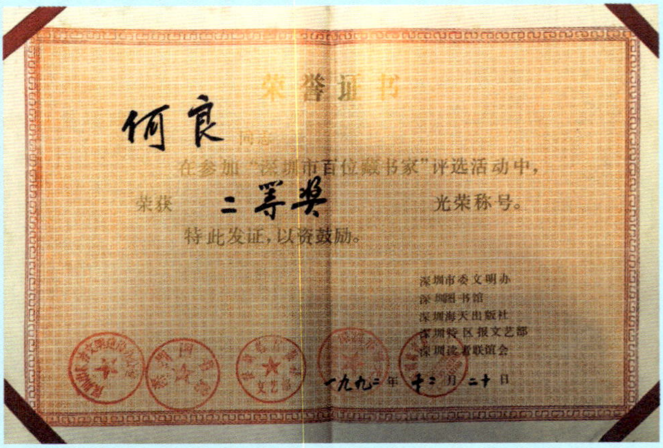

在1992年“深圳市百位藏书家”评选活动中，作者荣获二等奖

话。于是，我请两位老师到我宿舍来考察我的“书墙”。

那天，两位老师来考察我家“书墙”，因为条件有限，我不做任何“装饰”，原原本本“展示”。她们工作起来一丝不苟，又是“点数”，又是丈量推算，但难以得出精确册数，最后只好在推算基础上参考我说的“总数95箱，每箱35—40册”……至于最后我是怎么入选“深圳市首届百位藏书家”，并获得30名内的二等奖的，我不得而知。当然，更不知道在八卦岭8万寻梦者中我是否是唯一的获奖者。从此，我郑重其事地将那两面墙的特色书房命名为“谷雨斋”，并请著名篆刻家、我的老师徐子屏先生刻了“谷雨斋”印章。后来曾有一段时间，“谷雨斋”的书墙算是远近闻名，以至于我有些广州、海南和北京的同学朋友们出差来深，都指定要看看我在八卦岭的这一面“书墙风景线”。

严格来说，我首先是一个八卦岭人，然后才是一个深圳人。八卦岭是我对深圳的初恋，八卦岭成为我的青春驿站，是我闯荡深圳、追梦开始的地方，也是我一到深圳就想去掀开它神秘面纱的地方。

八卦岭就像我的故乡，八卦岭的同事们就像我的父老乡亲。无论是高兴还是苦恼，我都会选择到八卦岭漫步闲逛，饮杯热茶，甚至喝顿小酒，消愁释怀，然后轻装上阵。

20世纪80年代以来，从关注深圳改革开放，到参与深圳建设和见证深圳发展，不知不觉已有40多个年头。我走过了深圳的很多地方，但唯有八卦岭的每条街、每栋楼，甚至这里的一草一木、一沟一壑，最让我深深眷恋、一往情深。

20世纪80年代的八卦岭工业区，是深圳市政府当年最早开发的标杆工业区。在短短的几年间里，它从荒山野岭开发建设成为先进工业园区，开创了工业区开发的“深圳速度”，其开发模式也成为中国工业区开发的范本。

八卦岭工业区，其国际展览业、印刷业、租赁业、家居装饰业、图书批发业等等，在当时的深圳乃至中国都堪称业界翘楚。40年来，八卦岭从工业区发展到产业园，孕育了国际品牌“创维电视”、保险巨头“中国平安”等等。八卦岭蜕变化蝶的过程，实际上是深圳经济特区日夜兼程、突飞猛进、勇立潮头、再创辉煌的一个缩影。八卦岭，更是中国社会转型期一幅最具时代生活气息的“清明上河图”。

八卦岭工业区，其实早已不是一个简单的地理概念，而是一个充满历史斑痕和人文情怀的文化符号。

八卦岭工业区，实际上就像我的家乡折缩在深圳版图上的一块风水宝地。不！八卦岭是我的精神家园。

实际上，八卦岭就是这么一块充满传奇的多情热土。每当我想起八卦岭，就能在任何地方抚摸这片故土，就能在任何时候与这片故土对话，就能唤起我初来深圳特区时那种青春的单纯、青涩的情怀，以及对建设者们无私无畏、埋头苦干的回忆。

40年来，八卦岭从纯粹的工业区发展到**多业态聚集**的产业园区，其蜕变**化蝶**的过程，实际上正是深圳经济特区不忘初心、日夜兼程、**勇立潮头**、再创**辉煌**的一个精彩缩影。

第五章

再出发！低调辉煌八卦岭

豪情夯基业，低调创辉煌

——深业鹏基南方集团党委书记董事长王明峰访谈录

在公元第二个千禧之年前后，先是我在1995年离开鹏基集团，后是王明峰董事长2001年履职鹏基集团，如果为了套近乎而戏剧性地穿越时空，可以说我与王明峰算是“失之交臂、擦肩而过”。然而，我的目光始终未曾离开过鹏基集团。

2020年，机缘凑泊，因我的“八卦岭之春”摄影展，我得以见到神交整整20年的王明峰。当时，我说了一句有点献媚之嫌但是很真诚的话：“如果早认识您，我这个当年的‘党委书记秘书’也许就不考公务员了……”如今的王明峰早已是深业鹏基南方集团的董事长了，当年“凤凰涅槃”“二次创业”的鹏基总公司也早已今非昔比，现在已是展翅翱翔的大鹏了，而且大有“鹏之背，不知其几千里也；怒而飞，其翼若垂天之云”之气势。

我离开鹏基集团，离开八卦岭已近30年，近月来创作《八卦岭》，直觉时光荏苒物是人非。当写到最后一章“再出发！低调辉煌八卦岭”，算是基本完成了第二稿的时候，我怀着忐忑心情约访王董事长。为了节省时间，我做足了“功课”，特意准备了“采访提纲”，并约定采访在一个小时内结束。不料话匣一拉开，约定的时间就像断了线的风筝。我们的话题很广，从投资项目运营到项目投资人本理念故事，从获取土地资源到投资战略格局，从历史情怀到传承精神……王明峰自然地舒展了双眉，像是给自己放了一个上午的“长假”，津津有味地回忆这20年来马不停蹄的商旅生涯。

2021年11月18日，深业鹏基南方集团公司董事长王明峰接受了作者的采访

投资中的人本理念

听王明峰讲项目投资，是很享受的事情。他撇开了那些索然无味的项目论证规程和数据分析，结合企业投资理念，将企业参与市场竞争的一个个商战故事有机地串联起来，让人听来如沐春风、入耳入心。即便是“投资理念”这么抽象的名词，经他演绎，你都会明白那也是一个与企业生存和民计民生息息相关的字眼。

早在20年前，我就听鹏基老友们说集团投资部来了一个强将，他叫王明峰。他在短短5年的投资部部长任职期内，为恢复元气的鹏基集团获取了多个土地资源，营造了一个适应市场运营的投资环境，组织制订与实施的投资计划、投资系统监控体系，投资可行性与风险性分析，对于提高项目投资的整体运营能力，获得最佳经济效益等方面都起到了举足轻重的作用。由于工作卓有成效，2006年4月他被深业集团调任投资部总经理。其后，他像一个“救援队长”或“铁血战士”，组织上哪里最需要他，他就出现在哪里。2016年12月，他又回到深业鹏基南方集团担任董事长，从此踏上他再创辉煌的新征程。

拿着那份“采访提纲”，他抬头朝我瞟了一眼并微笑，应该是笑我的提纲有点书呆子气吧，接着谦逊地说：“这些年来我还真谈不上有哪些最得意的投资项目，如果有成功的项目投资，那也都是集体智慧的结晶，是从上到下同心同德协调推进的结果。至于体会嘛，我自己感受最大的还是我们在投资理念上发生的变化。”

王明峰与我先讲了鹏基在项目投资中有关人本理念的故事。他说初到鹏基那几年，眼界不够开阔，项目投资总是按照传统习惯以成本为中心，围绕着成本计算产品的售价，生怕产品卖不出去。于是在“成本优先”的理念下，初期在市场上叱咤风云，但随着市场形势快速地变化，由于他们往往只关注项目本身，缺乏了解市场形势发展趋势，缺乏研究消费者的心理需求，更缺乏对项目的投资价值进行人本考量，他们当时的投资，很难做好市场导向。事实上，如果他们在项目投资上忽视了这种“以人为本、绩效至上”的理念，就无法适应消费者的需求，就无法在市场竞争中胜人一筹，他们的低成本投资也就只能付出更大的成本代价。

听到这里，我眼前分明出现一个精明干练的活脱脱的儒商形象。王明峰娓娓道来，沉醉在项目投资的人本故事的回忆之中。

土地资源“争夺战”

当回忆2007年以后担任了4年的深业南方地产集团常务副总经理、总经理期间所作的项目投资时，他提到：“其实，项目投资是要讲情怀的。”

这句话简直让我乐开了花！我太喜欢了！

好一个王明峰！人家投资项目关注的是真金白银，他却发出一句感慨“投资是要讲情怀的”，然后真金白银也并不比人家少赚！这是怎样的儒商格局啊……

他说，2007年8月刚到南方公司任职时，他就惊喜于南方地产集团的班子成员大都有大干事业的精神情怀和总体计划格局。当时的南方地产集团已经在东莞、佛山三水、巢湖等地成功地投入了一大批很有发展潜力的地产投资项目。为了更好地统筹运营项目，集团提前通过公开市场化招聘了6个项目组负责人，也就是后来的项目总经理。他对那拨儿“战友”的思念之情溢于言表：陈波、周自立、张先义、魏晓峰、袁松毅、舒良成6位职业经理人，他们有情怀、有干劲儿。他们一开始在投资部严阵以待，确定干一个项目就派去一个项目经理、干一个项目又派去一个项目经理，就像在大战役中调兵遣将一般调度各路人马投入各个战场……

王明峰把干巴巴的投资故事，讲得犹如一个指挥员在指挥一场场战

2020年，俯瞰八卦岭工业区全景（刘伯良 摄）

役，让我们真正感受到什么叫“商场如战场”，让我们仿佛进入“短兵相接”的土地资源“争夺战”的场景。

只要稍微梳理一下王明峰近20年来的商旅履历，你就不得不为他的“身经百战”感慨：这20年来，他所参与的所有最激烈的商战，几乎都是围绕着一个核心展开，即如何尽可能多地获取土地资源、储备土地资源。用商战的概念定义，实际上就是土地资源“争夺战”。

当然，他至今仍然没有离开这一核心。他说这是他的使命所在！具体来说，“获取土地资源、储备土地资源”就是他履职深业鹏基南方集团董事长的光荣使命！从八卦岭的流花医院改造到鹏基商务时空的建成，从2002年长沙项目的投资、龙电项目的创业园改造到2003年投资惠州地产项目，从2005年雅宝项目的投资到2006年调任深业集团担任集团投资部总经理，再到南方集团开拓更多更大的商业地产和基础建设项目投资，直到2011年二度被调回深业鹏基南方集团任总经理，再于2013年出任深业东华地产公司董事长等等，可以说身经百战，战果累累。

当回顾这些年来组建投资团队、从事企业经营的经历时，他说，组织项目投资与组建企业团队一样，首先也是要组建一个有情怀、有专业水平、有战斗力的项目投资团队。在这个团体里，需要方方面面的人才组成立体的团队结构，并同心协力密切配合，同时还要给予项目组相对较大的运营权力，让他们有激情有活力地发挥最大潜能。正因为这样，南方集团在2008—2010年那几年，每一个投资项目都做得红红火火，企业获取并储备的地产资源越来越丰厚，集团不但发展速度相当快，而且发展潜力也越来越大，为集团后来的发展积蓄了相当丰富的资源。

精益化始于“深耕细作”

2016年12月，王明峰奉命履职深业鹏基南方集团。当时公司面临着利润下滑、项目进度滞后等多个问题困扰，士气低落。经过近3个月的调研，他提出了“让改变发生，让梦想启航”的企业理念，主张用“责任、包容、阳光、创新”的秩序来规范企业的行为，鼓励员工主动作为、主动担责、胸怀坦白、主动做出改变，并提出了“3610”的3年战略规划：即用3年时间，把集团的签约销售收入提升到60亿元，利润提升到10亿元。5年来，集团上下齐心协办，逐步排除消极被动情绪的干扰，同心同德，营造了包容、阳光、创新、奋进的企业社会心理环境，由过去的“被动接受”变成“主动作为”，据统计，从2016年至2020年5年中，已累计完成地产销售收入113亿元，累计净利润42亿元。

在他看来，在士气低落的公司内部进行管理，更需要树立人本理念，将“以人为中心”等人文关怀贯穿于企业管理全过程，要培养积极向上、团结奋进、同心和谐、充满活力的团队精神，尤其是要提倡精细化的“深耕细作”，提倡艰苦创业、自觉担当、归属感强的主人翁精神，让企业组织内部充满生机活力。他认为企业有两个重点不可忽视：一是团队建设，即团队组织建设、团队素质提升与团队精神培养。二是组织活力，即企业组织或团队组织内部的凝聚力、创造力和内化活力。

细节决定成败，细节的精细化管理，是科学管理的方法，也是企业人格的体现。在王明峰看来，企业的精益化管理始于“深耕细作”，他们在企业管理中所提出的注重细节、追求完美的“工匠精神”，都离不开精益求精的“深耕细作”。

近20年来，王明峰所从事的项目投资和所领导的地产开发，每一次成功无不体现了“深耕细作”和精细化管理的结果。若没有“深耕细作”的工匠精神，没有精益管理和反复推敲项目竞标方案，甭说竞投高品位高档次的项目，即使一般的项目竞标也将被淘汰。所以，他要求对发包方式进行改革的同时，更要对不同合作项目进行差异化管理。尤其是对于协同合作的项目，要思考如何通过精益化研究，寻求精准的运营模式。他说，随着土地市场形势越来越严峻、竞争越来越激烈，下一

2021年12月，八卦岭工业区的岁宝壹品工程正在紧张施工之中

步还要在专业技术人员的配备上注重内行的对接。因为，“精益管理的核心就是合作伙伴要有工匠精神，而且要确实有技术实力，甚至有创新实力”。

工匠精神，从我做起

在参阅集团年度工作会议材料时，我遇到了一个让我心情久久无法平静的小插曲。我发现2021年王董事长的年度工作报告《重点布局，精耕细作，打造区域地产旗舰》起草水平非同一般。其立意高远、逻辑缜密、格局广阔、气势磅礴，微观之处肌理精细，宏观之处骨骼疏朗。也许是多年来机关工作生涯起草讲话稿的习惯使然，我好奇此讲话稿出自谁之手笔？集团团委书记龙雄答道：“董事长之手也。”我一时疑惑，以为耳背，于是进一步求证，旁边的办公室主任吴宇笑了笑，郑重回应：“是的，董事长的讲话稿从来都是他自己写的……”

那天我在写访谈录时想起此事，还是心存敬佩和激动，于是忍不住给王董事长发去了一则短信：“你一个‘理工男’、堂堂大集团董事长，居然自己写讲稿？”

他秒回信息：“自己写很有好处的”……好像此事淡如品茶，不足挂齿。

王明峰提倡的人本理念和工匠精神，他作为董事长是率先垂范的。2020年春节，由于疫情等原因，集团有30多个大学生新员工滞留在深圳过年，王明峰要求办公室、团委要切实安排好这些新员工在大年三十的团圆饭和组织好春节期间青年们的过年活动。大年三十那天中午，他不但与员工们同享团圆饭，还请来深圳市南山区桃源豫剧团的名家们来公司为大家演出，并在现场就豫剧节目进行普及性讲解和赏析，让员工们十分感动。

企业是有人格的，企业人格与领导人格一样，也都是有魅力的。不管它是封闭型还是开放型、是精细型还是粗放型、是内向型还是外向型、是精细型还是效率型等等，在其长期经营和管理过程中，将会逐步蜕变出自己独具一格的性格特征。从鹏基南方集团的管理实践可以看到，任何企业从整个经营过程到企业管理体系，都绕不开“人本理念”问题。而从人本理念的树立到企业人格的培养，实际上是企业从传统管理走向科学管理的过程，也是企业从“理念蜕变”到“精神蜕变”的过程。

一个企业家的历史情怀

2020年7月，我的长篇报告文学《八卦岭之春》在《深圳商报》全文连载后，庆祝纪念深圳经济特区成立40周年的献礼作品，我策划了延伸项目“八卦岭之春——深圳大型工业区开发历史纪实”摄影展。10月的一天上午，我带着寻求支持的心情拜访了鹏基南方集团董事长王明峰，主要是向他介绍和汇报摄影展有关策划与筹备事宜。

“八卦岭之春”摄影展，本着“纪录历史、感恩思源、传承精神、再创示范”的主旨，通过100幅历史纪实摄影作品，生动再现20世纪80年代以来深圳经济特区大规模开发建设工业区的动人场景，歌颂深圳历代“拓荒牛”们敢闯敢试、敢为人先、埋头苦干的特区精神，摄影展突出特区改革开放和发展主题，把握大时代的历史脉搏，具有很强的时代感和艺术感染力。摄影展通过时间与事件纵横交错的组合对比和跨时空关照的艺术重构，全面展现一个大时代波澜壮阔的历史画卷。该活动既抢救和保存了深圳经济特区建设初期丰富的影像史料，又为创办工业区开发历史展览馆提供了珍贵的馆藏经典，避免了因为时过境迁而导致这段激情燃烧的历史在影像上的遗漏或空白。

听完我的汇报，王明峰显得十分兴奋。原来，我的这个展，与他创意并正在策划的深圳市首个“工业区党建公园”的项目不谋而合。

根据他们的策划，要在八卦岭工业区打造一个以刻画“工业区发展”、重温“深圳改革开放”的党建公园，让公众特别是现在的年轻人能进一步了解我们的城市和工业区的历史，这也是他们开展“党史学习”以及“为群众办实事”的具体行动。整个公园分为室外“党建公园”和室内“城市展厅”两部分。室外“党建公园”由《辉煌八卦岭，党恩在我心》主体浮雕墙和四个分别代表着深业集团在福田区的四个工业园区的艺术互动装置“知史爱国”“知史爱党”“以史明志”“以史为镜”组成，主要浓缩反映了工业区的建设发展在党的坚强领导下助力城市的产业发展。室内“城市展厅”主要介绍八卦岭工业区与深业鹏基集团的过去、现在和将来。

今日的荣生大厦，进驻了环保、海洋科技、互联网等领域的企业（马庆芳　摄）

八卦岭工业区党建公园建成之后，实际上相当于八卦岭工业区的一个历史展览馆和未来党群活动中心。而我的报告文学《八卦岭之春》的内容与文字可以作为“党建公园”和“城市展厅”的基础文字“蓝本”，“八卦岭之春”摄影展优秀作品基本上可以现成地摆进“城市展厅”，而我在项目筹措过程中搜集和收藏的上千幅历史照片，八卦岭工业区党建公园都可以根据八卦岭历史展览馆的需要而收入展厅或展示或收藏。

作为曾经的“鹏基人”，不管从道义还是感情上说，我都应该有所担当和支持。更何况，谈起鹏基南方集团在深圳经济特区成立40周年和建党百年这两个重要的历史节点上，建立深圳市首个“工业区党建公园”，王明峰满腔历史情怀，激情荡漾。王明峰对我说，他要让鹏基南方集团的后来人了解公司的拓荒史，记住以尚志安为代表的“拓荒牛”们的恩情和精神，更要让人们了解公司发展的曲折跌宕的历史，并以史明志、以史为镜。

听着听着，我被感动了……

谈到坚持初心和历史情怀，王明峰十分坦然，他说，他在中山大学接受过7年的正规教育，从价值观到精神信念，从主流文化到专业技能，他这一代人总体来说是传统、正统的，怀有改变世界的信念。他就是这样投身于深圳经济特区改革开放的建设的。

30多年一路走来，作为一个共产党员，即使是面对20世纪90年代不很乐观的社会环境和社会风气，他都告诫自己要不忘初心，要守住为人做事的底线，尤其是道德底线，做一个不忘初心、坚守信念、拥有情怀，既参与历史创造又传承历史精神的人。

王明峰一席话，让我为他的耿耿初心、历史情怀和孜孜不倦的追求精神而感动，也让我对实施推进“八卦岭之春”项目充满了信心。

王明峰的“两大底气”

谈到深业鹏基南方集团乃至八卦岭工业区的未来目标，他认为：作为国有大型地产开发企业，鹏基南方集团2021年的资产负债率约70%，流动资金比较充裕，银行信誉良好，2021年将实现集团下达的销售目标——超50亿元。而2022年的销售目标更是有望突破100亿元。

下一步他们要解决的是总资产规模如何进一步扩大的问题。2021年总资产超过300亿元，如果实现三倍的计划，那么他们需要把总资产提升到500亿元。这样的话，他们的土地储备需要投资330亿元，相当于再造两个鹏基南方集团。如果能够保持300亿元的资产总规模，那么就可以平稳地实现每年100亿元的稳定销售收入。如果资产规模到了500亿元，他们每年的销售收入就要突破150亿元。第一个300亿元规模的选项相对容易实现，他们只需要2年内增加130亿元的土地资源储备即可。第二个500亿元的目标相对宏大，任务艰巨，如果要实现它，除了正常的土地储备外，很可能还需要非线性的增长，比如实施并购策略、承担政府的大型项目，等等。当然，从前不久竞标且中标的政府大型项目光明科学城的情况来看，鹏基南方集团承担政府大型项目的可能性也是可期的。

听完王明峰的分析，从总体上说，鹏基南方集团的发展态势可喜，但面临的市场形势仍然严峻，目前保持冷静的态度和稳健的步伐，不盲目、不激进，居安思危，沉着应对，此为上策。

在深业集团的总体布局下，“十四五”期间，鹏基南方集团如何实现总资产翻三倍的计划？在当前市场形势日趋不确定的境况下要实现这个目标是颇具挑战性的。同时，王明峰在思考一些战略性问题：鹏基南方集团究竟该发展成为一个什么样的公司？面对房地产市场的下行趋势，是应该专注于主业地产开发还是要适应发展新趋势而彻底转型搞技术革新创新？该如何找到最佳的突破口？该怎样确定未来发展的思路和模式……在我看来，始终坚持主业发展是基本选择，而在适时适度的产

近年来，八卦岭街区高层建筑竞相试比高，一派热火朝天的景象

业扩张中注入“房地产+”等概念，也不失为好的选择，“商业模式”说到底，盈利模式是根本，而强调基本盘、强调主业延伸，选择一条既吸取历史盲目扩张教训而又适时适度扩张、寻求更大发展之路，应该是最明智之选择。

我关心的还是，鹏基南方集团是否有足够的走向辉煌未来的底气？这背后什么是真正的原动力？

王明峰说，他们的底气来源于他们所拥有的两大优势，也是两大基石：第一个是当年的“拓荒牛”们付出了巨大的心血和艰辛的努力，留给他们的工业、厂房、宿舍楼和写字楼等近25万平方米的物业，为他们注入了源源不断的现金流。他说：“以尚志安为代表的第一代‘拓荒牛’们为我们夯实了事业根基，也留给我们敢闯敢试、敢为人先、埋头苦干的创业精神，这是一笔财富，我们要视为家传。你的‘八卦岭之

王明峰（左一）与作者交谈

春’和我们的‘八卦岭工业区党建公园’正是纪录历史和传承精神的最有创建意义的方式。”第二个是深业集团和鹏基集团的前辈们在2007年开始的泰州土地开发。所以，创建“八卦岭工业区党建公园”，让更多后来人重温历史、不忘历史，永远记住“拓荒牛”们的恩情和精神，从而继往开来，再创八卦岭新的辉煌。

采访结束了，但我还被王董事长说的“两大底气”陶醉着。是啊！鹏基南方集团拥有的“两大优势、两大基业”实际上就是“两大底气”。这让我想起了尚志安当年与我说的他拥有的“两大富矿”：一座是精神富矿，一座是资源富矿。看来，当年尚志安拥有的是“两大富矿”，今天王明峰他们拥有的是“两大底气”，前者是以精神为主要特征的“化物”财富，后者是以物质为主要根基的“物化”财富。

回顾40年来，我们很高兴地看到：1982年成立的深圳市工业发展服务公司，从几个人、1万元滚雪球起家，一路走来，公司经过无数有信念、有情怀、有闯劲的“拓荒牛”们、开拓者们敢为人先、艰苦创业、继往开来、矢志奋斗，已发展成为目前拥有超过300亿元总资产的大型国有企业集团，精神富矿和物质基石二者兼备，蒸蒸日上……

再出发！八卦岭华丽转身

40年峥嵘岁月，40年春华秋实，40年斗转星移，40年沧海桑田。八卦岭，纵使一路波峰谷底，曲折跌宕，而它依然默默地抚摸着近山远水，低调稳健，砥砺前行。

随着周边片区向商业中心和现代物流园更新转型，地处城市核心地带的八卦岭片区，理所当然地成为产业转型升级和片区城市更新的新增长极。

根据《八卦岭更新统筹规划》，八卦岭片区的蓝图绘就，未来可期。从战略目标上说，八卦岭片区的更新规划和改造升级，将成为深圳实践新发展理念的创新发展示范的标杆，深圳城市更新与全国城市设计示范标杆，全国产城融合发展新样板。从战略定位上说，八卦岭片区支持以金融科技为主导的产业转型，聚集金融科技总部及研发企业，打造国家级金融科技先导试验区、高成长新总部企业大本营、深圳新经济成长加速器、亚洲金融科技新兴中心。从更新理念上说，八卦岭片区将依托城市更新改造，促进片区产业转型升级；承接粤港澳大湾区新经济发展要素，构筑福田产业新增长极。

可见，未来的八卦岭片区将突出产业主导功能，建设成为产业特征鲜明、具有现代都市活力和工业景观魅力，配套完善、环境宜人的多元复合化城区。

根据八卦岭片区的更新改造定位，八卦岭将由地标门户、城市主轴、聚落分区、开放空间及交通网络等五大部分组成。其中，地标门

上林苑酒店华丽转身——号称“镌刻城市文脉，匠筑产居标杆”的深业上林苑项目工程，占地面积约7980平方米、规划计容建面41990平方米，将于2024年底入伙及开业。可以断言，深业上林苑将依然是八卦岭的精神地标

户、城市主轴和开放空间作为刚性骨架，届时，八卦岭将被高层建筑群塑造成深圳新地标；八卦三路作为科技大道主轴线，将打造多维空间，成为以金融科技为主导产业的复合主轴；八卦路将打造成为“科创云平台”，以建设政务平台作为启动，集聚打造科技商务配套设施。八卦岭门户大厦，即新平安大厦、鹏基科创大楼和八卦岭中心大厦坐落于城市轴线上，所有超高层地标都在新的城市空间中被重点强调，成为制高点。八卦岭片区，将在不久的将来成为国际一流的智慧之城、未来之城。

作为深耕八卦岭40年，与八卦岭共同成长的鹏基集团，已经从工业区的开发建设者转型成为华南区域颇有影响力的地产开发商。

2021年9月23日，深业鹏基南方集团在八卦岭牵头城市更新片区统筹启动的首个城市更新项目——深业上林苑项目在工地现场举行了开工仪式。深业上林苑项目号称“镌刻城市文脉，匠筑产居标杆”，据报道，深业上林苑项目占地面积约7980平方米，规划计容建面41990平方米。

作为深业鹏基南方集团在八卦岭片区大规模城市更新的首发项目，它将秉承片区“以人为本、开放包容、共荣共生”的发展理念，构建八卦岭核心区位上的活力节点，通过人性化空间、全能化配套、形象化建筑，勾勒未来产城融合新样板。它将通过丰富公共空间构成，营造特色步行体验，打造片区“邻里服务中心”和“公共活力核心”，助力片区“尖端产业与本土生活万象包容的、24米+24小时产城融合示范区”等建设。

深业鹏基南方集团董事长王明峰对八卦岭始终充满历史情怀、文化情怀和深耕精神，他纵观八卦岭工业区的历史发展过程，高度赞扬一代代鹏基前辈在八卦岭拓荒、创业的精神，同时深切表达了“深耕八卦岭，深爱这座城”的再创业情怀。

40年来，深圳工业发展服务公司从当初的1万元“滚雪球”，艰苦创业，几经跌宕，曲折发展，今天已经发展成为拥有300亿元总资产的深圳市属大型国有企业集团。

八卦岭工业区，从纯粹的工业区，已经发展成为多产业、多业态聚集的产业园区，其全面更新升级、华丽转身的过程，正是深圳经济特区改革开放的一个成功范例，也是深圳人不忘初心、日夜兼程、勇立潮头、破茧蜕变、再创辉煌的一个精彩缩影。

的那么神灵道卦、扑朔迷离，也不像有些不谙世事的网络写手们所夸张的，是因为深圳市公布地铁站的名字而“一夜成名”。其实，早在20世纪80年代初，八卦岭的名字就已经一夜劲
正值深圳经济特区正式成立，中国改革开放隆重拉开序幕。深圳经济特区积极推进改革开放，八卦岭的开发也正式列入了深圳市委市政府的重要议事日程。其中，一个重要的标志性的时间
时间节点为发端，八卦岭前世的下限节点也就是八卦岭今生的上限开始。虽说有关八卦岭前世名字的发端，众说纷纭，莫衷一是。但据有限的资料记载，八卦岭这一称谓还算是比较一致
小山头、小沟壑或小荒坡。甚至还有人说，八卦岭，其实就是一片无人认领的荒丘野坟。不过，确实有人证实，在开发前的八卦岭，某些小山头曾经安放有一些客家先人的“坛子”（俗
客居他乡的先人遗骨始终是要回归故里安葬的），而与什么“牌榜”好像没有多大关系。其实，一块无名地，与一个人潦倒悲凄的命运有点类似。有些山岭坡地，即使千百万年也只能是
会。相对八卦岭西北面雄伟挺拔的笔架山来说，它不可一世地傲视着八卦岭乃至深圳湾的近山远水，号称深圳“名山”，史志上也有点滴记载。而作为荒山野丘的八卦岭，大自然没有赐
莫名的悲凉。其实，莫说野岭荒山，人类之命运岂不亦然？！想到这里，我突然觉得八卦岭还是幸运的，我觉得八卦岭前世应该多少有点知足。八卦岭虽说山头无名，树木无春，但它不
卦岭的不少拓荒牛、工程兵们。据泥岗村一位不愿意透露姓名的老伯回忆，他印象中的前世八卦岭，即使是“逢年过节拜祭先人也不多见”，他的意思是即使安葬故人，八卦岭也还不算
在流淌的小水沟，也不知道沟里的污水是从哪里来的。也有些人还是从八卦岭的地形的角度来说八卦岭的八卦方位问题，这种说法似有一些道理。据八卦岭航拍的照片来看，八卦岭图像
全不熟悉，有一天晚上加班后他与一位同事去八卦一路方向找吃的，结果，两个人沿着八卦岭外围街道边走边聊天，最后居然不知不觉地走回到了他们公司楼下，他当时很惊讶很纳闷，
，不像现在的山都是树林。八卦岭地形，似有点八卦方位形。我采访了近百人中，虽然也有提起过八卦岭是否与道教或《易经》上的八卦图说法有关，但不曾听说过八卦方面的神秘传说
一片开阔地，驻扎了解放军的部队，解放军们在那年搭起了简陋的营房，陆续植树造林，八卦岭从此开始有了一点生机，渐渐地好像就开始有人到八卦岭的山坡上玩耍、捉小鱼、摘野果
都能听到嘹亮的军号声？是否劳作中军号声常常成为你们的期待？她思忖着，然后摇摇头：记不住有否这些了……访问中，有个老伯回忆说，记不住什么时候开始，八卦岭西北面的小山
香港之前，就要在八卦岭的这个中转基地上放牧饲养，等待分批运送。在我后来的采访中，进一步证实了外贸牛羊周转基地的具体方位，是在八卦岭的西面腹地，差不多就在泥岗人行天
行政区划上的历史归属，随着时代的变迁和行政区划的变化会不断调整改变，八卦岭注定了会在园岭或泥岗之间分分合合、合合分分，息息相关、脉脉相连。不管怎么说，八卦岭的前世
但这种悄无声息的守候与存在，你能说那不是一种力量的积蓄吗？你能说它不是一种美丽的等待吗？在当今的深圳行政版图上，八卦岭已经不是罗湖区泥岗村的版图，而是属于福田区园
华丽转身。 那是1982年秋天的一个上午，八卦岭西北部腹地迎来了几个陌生人。深圳市八卦岭工业区基建工程指挥部副总指挥尚志安，满怀着上步轻工业区开发“试水成功”的喜悦，带
缘，尚志安心里很清楚，他要重点开发的是八卦岭的西南、西北部腹地。于是，他带头沿着根本没有路的西北方向，蹚着泥巴一步一步地走到八卦岭西北角，却怎么也找不到能进去八卦
艰难地走到了泥岗村的南边，即现在的八卦岭工业区北边泥岗人行天桥附近，好不容易才找到了一条几乎被灌木芒草掩盖路面的羊肠小道，终于进入了八卦岭西北部腹地。据深圳史志记
年开发前后的八卦岭，有不少拓荒者都记忆犹新。在我采访的众多的工程兵中，原中国人民解放军某部工程营五连一排一班班长刘对现，是一个对八卦岭的开发过程存有比较完整记忆的
的工作中，他还通过纪实摄影的艺术表达形式真实地记录了八卦岭几十年来的社会变迁。他说八卦岭是他在深圳的最初记忆之一。当年，他作为公司施工队的泥瓦工，随着基建工程部队
山包上偶尔可见一些应该是无人认领的“坛子”，有几处开阔地偶有几棵大叶桉、木麻黄之类的乔木，八卦岭腹地有条小水沟，好像还有小水潭。当年八卦岭工业区的工程开发，环境和
区域当时隶属于罗湖区泥岗村。作为公司的人事干部，开发八卦岭前夕，他曾奉命将开发八卦岭的政府批件，包括开发中需要赔偿给泥岗村的树木损失等协议书送去泥岗村，协调处理有
本来东北边是有小路过去的，但当时想抄近路，结果陷入了西北边的泥滩。那路真是难走啊！我打趣地说，“其实地上本没有路”……他马上说：“对，对！‘什么是路？就是从没路的
……背完这段话，我们俩哈哈对视而笑。为了进一步了解八卦岭前世的地理环境和行政区域，我抓住机会向孙雄求证当年边防部队驻地和外贸牲畜周转基地的具体方位。他很肯定地说，
干张几年时间，哪来那么些树种多样的大乔木和硕果累累的果树呢，原来这个大院就是边防部队驻扎时的营房。今天孙总终于意外地帮我解了这个多年的疑惑了。照这么说，当年部队营
深圳市工业发展服务公司”和“深圳市八卦岭工业区基建工程指挥部”正式挂牌的地方。聪明的“工发人”后来把这块曾经的部队营地装点成全市闻名的有美丽湖景的“深圳市工业发展
为弥足珍贵的“宅基地”，遗憾千秋啊！据说，当年工业区正在开发的时候，市里领导常常要去八卦岭视察，工作人员回来便描绘八卦岭的神秘，说八卦岭是一个近在咫尺却让你感到远
丘与沟壑，没有现成的路可走，在当时人们的印象中是深圳“西伯利亚”的心理距离。这也足见八卦岭的前世还有点凄凉。即便是一些刚到深圳的青年人，说起八卦岭的地形、方位，他
伞，时刻在为园岭和泥岗遮风挡雨。它更像一顶八卦帽，是一顶戴在园岭边上的形似八卦图的海龟壳，于是有人说它驱魔辟邪，有人说它是吉祥之宝，更有人说它是飞黄腾达的发祥地
深圳人，说起八卦岭，他们会感慨满满，自然陷入一种激情追忆之中。在他们的记忆中，八卦岭是一部青春荡漾的历史，是他们青春的驿站、创业的摇篮、梦想绽放的乐园，还是他们亲
亲眼见证，甚至投身创造了八卦岭的神秘和传奇。八卦岭工业区，是深圳市政府在40年前最早规划开发的纯粹市属国有的标杆工业区。在20世纪80年代短短的十年间，它从荒山野岭开发
已经发展成为目前拥有300亿总资产的国有明星企业集团，孵化产生了我国第一个激光视盘产业、孕育了国际品牌“创维电视”、缔造了国际保险巨头“中国平安”、创造了崭新品牌“安
40年来，八卦岭从纯粹的工业区发展到多业态聚集的产业园区，其蜕变化蝶的过程，实际上正是深圳经济特区不忘初心、日夜兼程、勇立潮头、再创辉煌的一个精彩缩影。40年过去了
也许你听说过八卦岭甚或还到过八卦岭，也许你只是在小小的版图上抚摸过八卦岭甚或只是神交八卦岭。不管怎么说，八卦岭，那是个神奇的地方！八卦岭的神奇，其实不在于它有
有一块风水宝地。它得大自在地躺在园岭与泥岗二村的中间，无言地见证了千百年来超稳定社会结构的变迁与朝代更换辖区变替，以及默默地感受着世世代代村民因为时势变化而对它的
民间传说的那么神灵道卦、扑朔迷离，也不像有些不谙世事的网络写手们所夸张的，是因为深圳市公布地铁站的名字而“一夜成名”。其实，早在20世纪80年代初，八卦岭的名字就已经
卦岭，正值深圳经济特区正式成立，中国改革开放隆重拉开序幕。深圳经济特区积极推进改革开放，八卦岭的开发也正式列入了深圳市委市政府的重要议事日程。其中，一个重要的标志
而以这个时间节点为发端，八卦岭前世的下限节点也就是八卦岭今生的上限开始。虽说有关八卦岭前世名字的发端，众说纷纭，莫衷一是。但据有限的资料记载，八卦岭这一称谓还算是
丘陵、小山头、小沟壑或小荒坡。甚至还有人说，八卦岭，其实就是一片无人认领的荒丘野坟。不过，确实有人证实，在开发前的八卦岭，某些小山头曾经安放有一些客家先人的“坛子”
因为客居他乡的先人遗骨始终是要回归故里安葬的），而与什么“牌榜”好像没有多大关系。其实，一块无名地，与一个人潦倒悲凄的命运有点类似。有些山岭坡地，即使千百万年也
予它机会。相对八卦岭西北面雄伟挺拔的笔架山来说，它不可一世地傲视着八卦岭乃至深圳湾的近山远水，号称深圳“名山”，史志上也有点滴记载。而作为荒山野丘的八卦岭，大自然
到一种莫名的悲凉。其实，莫说野岭荒山，人类之命运岂不亦然？！想到这里，我突然觉得八卦岭还是幸运的，我觉得八卦岭前世应该多少有点知足。八卦岭虽说山头无名，树木无春，
开发八卦岭的不少拓荒牛、工程兵们。据泥岗村一位不愿意透露姓名的老伯回忆，他印象中的前世八卦岭，即使是“逢年过节拜祭先人也不多见”，他的意思是即使安葬故人，八卦岭也
永远都在流淌的小水沟，也不知道沟里的污水是从哪里来的。也有些人还是从八卦岭的地形的角度来说八卦岭的八卦方位问题，这种说法似有一些道理。据八卦岭航拍的照片来看，八卦
街道完全不熟悉，有一天晚上加班后他与一位同事去八卦一路方向找吃的，结果，两个人沿着八卦岭外围街道边走边聊天，最后居然不知不觉地走回到了他们公司楼下，他当时很惊讶很
秃秃的，不像现在的山都是树林。八卦岭地形，似有点八卦方位形。我采访了近百人中，虽然也有提起过八卦岭是否与道教或《易经》上的八卦图说法有关，但不曾听说过八卦方面的神
南面的一片开阔地，驻扎了解放军的部队，解放军们在那年搭起了简陋的营房，陆续植树造林，八卦岭从此开始有了一点生机，渐渐地好像就开始有人到八卦岭的山坡上玩耍、捉小鱼、
天早上都能听到嘹亮的军号声？是否劳作中军号声常常成为你们的期待？她思忖着，然后摇摇头：记不住有否这些了……访问中，有个老伯回忆说，记不住什么时候开始，八卦岭西北面
有转运香港之前，就要在八卦岭的这个中转基地上放牧饲养，等待分批运送。在我后来的采访中，进一步证实了外贸牛羊周转基地的具体方位，是在八卦岭的西面腹地，差不多就在泥岗
八卦岭的行政区划上的历史归属，随着时代的变迁和行政区划的变化会不断调整改变，八卦岭注定了会在园岭或泥岗之间分分合合、合合分分，息息相关、脉脉相连。不管怎么说，八卦
脚边，但这种悄无声息的守候与存在，你能说那不是一种力量的积蓄吗？你能说它不是一种美丽的等待吗？在当今的深圳行政版图上，八卦岭已经不是罗湖区泥岗村的版图，而是属于福
时代的华丽转身。 那是1982年秋天的一个上午，八卦岭西北部腹地迎来了几个陌生人。深圳市八卦岭工业区基建工程指挥部副总指挥尚志安，满怀着上步轻工业区开发“试水成功”的喜
南面边缘，尚志安心里很清楚，他要重点开发的是八卦岭的西南、西北部腹地。于是，他带头沿着根本没有路的西北方向，蹚着泥巴一步一步地走到八卦岭西北角，却怎么也找不到能进
前进，艰难地走到了泥岗村的南边，即现在的八卦岭工业区北边泥岗人行天桥附近，好不容易才找到了一条几乎被灌木芒草掩盖路面的羊肠小道，终于进入了八卦岭西北部腹地。据深圳
1982年开发前后的八卦岭，有不少拓荒者都记忆犹新。在我采访的众多的工程兵中，原中国人民解放军某部工程营五连一排一班班长刘对现，是一个对八卦岭的开发过程存有比较完整
在后来的工作中，他还通过纪实摄影的艺术表达形式真实地记录了八卦岭几十年来的社会变迁。他说八卦岭是他在深圳的最初记忆之一。当年，他作为公司施工队的泥瓦工，随着基建工
山包，山包上偶尔可见一些应该是无人认领的“坛子”，有几处开阔地偶有几棵大叶桉、木麻黄之类的乔木，八卦岭腹地有条小水沟，好像还有小水潭。当年八卦岭工业区的工程开发，
八卦岭的区域当时隶属于罗湖区泥岗村。作为公司的人事干部，开发八卦岭前夕，他曾奉命将开发八卦岭的政府批件，包括开发中需要赔偿给泥岗村的树木损失等协议书送去泥岗村，

相关附录

深圳市工业发展服务公司办公大院

1982年2月2日，深圳市工业发展服务公司成立；同年9月14日，八卦岭工业区破土开发。深圳市工业发展服务公司办公大院坐落在深圳市红岭北路一号，在原部队营房基础上修建而成，这是20世纪80年代深圳市颇具气派和品位的市直属国有企业办公大院。当年深圳市委、市政府成立的“深圳市工业发展服务公司”和“深圳市八卦岭工业区基建工程指挥部”的两个招牌就是挂在这个大院里。可以这样说，改革开放之初，深圳市政府全资开发的国有大型工业区，从这里启航；“工发公司”以1万元开办费“滚雪球”开发出三个大工业区，深圳经济特区工业区开发史上的示范模式在这里试验成功。40年来，深圳市工业发展服务公司，从1万元开办费起家，经过几度跌宕起伏，曲折但稳健发展，至今已发展成为具有300亿元总资产的市属大型国有企业集团。

20世纪80年代，深圳市红岭北路一号深圳市工业发展服务公司办公大院

20世纪90年代，鼎盛时期的上林苑酒店

2021年4月，拆建前的上林苑酒店

独领风骚的深业上林苑将于2024年崛起，“上林苑”仍是八卦岭的精神地标

上林苑酒店

深圳市工业发展服务公司在八卦岭工业区建设的第一个酒店，属20世纪80年代深圳经济特区的著名酒店，也是当时八卦岭的著名建筑地标。曾于1990年5月接待过荣获世界“五连冠”的中国女排。2021年4月28日正式拆除重建，号称“镌刻城市文脉、匠筑产居标杆”的深业上林苑项目工程，占地面积约7980平方米、规划计容建面41990平方米，将于2024年底隆重开业，崭新的深业上林苑届时将隆重崛起，仍将是八卦岭乃至深圳的精神地标。

深圳国际展览中心和深圳洲际酒店（深业鹏基南方集团 供图）

深圳国际展览中心

深圳国际展览中心坐落于八卦岭工业区西北边。始建于1985年，开业于1989年，乃集星级酒店、展览、交易、陈列、广告业于一体的企业。其旗下的深圳洲际酒店新潮气派，在当时的深圳堪称著名地标。被公认为目前闻名中外的深圳国际会展业扬帆海外的首航之船。这个项目是国内与国外会展业合作的第一个尝试，也是深圳人在深圳国际会展业中的所谓“第一个吃螃蟹”之作。当年，深圳国际展览中心的每一个展会、每一场活动都是国际性的，都是深圳乃至中国的重要新闻。当年的深圳国际展览中心在发展中遇到了一些挫折，以至于它未能按照预期发展下去。然而，当年的这一创新策划和大胆探路，实际上为后来深圳会展业的发展进行了先行探索，并提供了很多宝贵的经验，功不可没。

工业区青工宿舍楼

二十世纪八九十年代，八卦岭工业区作为深圳市属国有全资开发的示范工业区，工业区设计理念先进，基础设施齐备，园区环境优越，吸引了大批国内外优秀企业进驻园区，也吸引了全国各地约8万青工纷至沓来。工业区当年为了招商引资、发展工业而配套建设的一栋栋大长廊宿舍楼，是市内工厂条件较好的青工生活住处，也是青工们劳累一天之后的温馨家园和斑斓璀璨的梦乡……

二十世纪八九十年代，八卦岭工业区工厂青工的大长廊宿舍楼一角

曾经人山人海的八卦一路南边的邮政营业厅和储蓄所

八卦岭邮政营业厅和储蓄所

二十世纪八九十年代，八卦岭工业区的邮政营业厅和储蓄所，应该是全市最繁忙和热闹的地方之一。每逢周末、节假日，这里就会出现人山人海，青工们排长龙汇款寄信、与家乡亲人长途联系，将孝心、爱心和恋乡之情以及闯荡深圳的忧愁与喜悦，从这里深情发出。

八卦岭商业街

八卦岭商业街

这是一条很简陋、很不起眼的商业街，始建于20世纪90年代初全国打工潮最汹涌的1993年，也是八卦岭工业区号称有8万外来青工的时候。正是当年这条商业街，解决了多少青工劳作之余的中晚餐饮食、娱乐消遣、通信交友等生活必需问题。即使是现在，很多60岁左右的老“打工仔”“打工妹”们回来八卦岭，也不忘再逛逛这条当年承载着他们青春欢乐时光的商业街。

八卦一路美食街

早在二十世纪八九十年代，八卦岭工业区就以示范工业区的身份和集聚8万青工而声名鹊起。坐落在八卦一路的美食街，风情浓浓、乡愁悠悠，发展至今已有数家经典的“老字号”，以独具特色的全国各地风味而著称，美食街具有风情、雅致、乡情和浪漫的气氛，还是青年人约会聚餐的好去处。40年来，每当傍晚华灯初上，在这里，觥筹交错中，他乡遇故知，离乡背井的人们抒发离愁别绪，畅叙风土人情、醉品人生况味。

八卦岭一路美食街一角

泥岗村天桥

泥岗村天桥

二十世纪八九十年代，八卦岭工业区号称有8万青工，其中相当一部分青工都是白天在八卦岭打工，晚上回泥岗村睡觉。当年，每当青工上下班的时候，整座泥岗桥南北两侧，排队上桥的人流水泄不通，整座桥都会随着人流而微微抖动。到了傍晚华灯初上时，人行天桥上过桥的、看风景的，人流熙熙攘攘，络绎不绝，好一道亮丽的风景线。这座小桥，多年来不知承载了多少青工寻梦、筑梦、追梦、圆梦的缠绵悱恻、动人心弦的故事。

原深圳体育馆南门的中国女排雕塑《拼搏》

中国女排雕塑《拼搏》

20世纪80年代，中国女排在世界杯、世界锦标赛和奥运会上五次蝉联世界冠军，世称“五连冠”，其中，1986年9月在捷克斯洛伐克举行的第十届世界女排锦标赛上，中国女排以8战8胜的出色战绩蝉联冠军，成为世界排球史上首次获得“五连冠”的群体。中国女排精神，被誉为20世纪80年代激情燃烧岁月的共和国精神象征，曾经激励和鼓舞了一代又一代国人坚定信念，砥砺前行。1990年5月，经鹏基总公司捐资、雕塑家陈洪辉创作的反映中国女排精神的雕塑《拼搏》，由鹏基总公司捐赠给深圳体育馆，竖立在体育馆广场南大门。

大叶榕、小叶榕在八卦岭街头随处可见

大叶榕、小叶榕

八卦岭的街头巷尾，到处都是大叶榕、小叶榕树，它们多种植于20世纪80年代末90年代初，据说这里面有很多鲜为人知的故事……

参考文献

1. 中共深圳市委党史研究室，深圳史志办公室. 深圳大事记（1978—2020）［M］. 深圳：深圳报业集团出版社，2021：45.

2. 广东和福建的试验：1979—1984［M］//傅高义. 邓小平时代. 北京：生活·读书·新知三联书店，2013.

3. 三十华诞访刘波［M］//何良. 来自南半岛的阳光. 广州：岭南美术出版社，2017：282.

4. 王洪模，等. 1949—1989年的中国改革开放的历程［M］. 郑州：河南人民出版社，1989.

5. 创立具有活力的、真正的企业［J］. 中国经济体制改革，1986，11.

6. 巴达威. 管理者为什么会失败［M］. 王益苓，译. 武汉：科技进步与对策杂志社，1984.

7. 马克斯·韦伯. 新教伦理与资本主义精神［M］. 刘作宾，译. 北京：作家出版社，2017.

8. 约瑟夫·熊彼特. 经济发展理论［M］. 何畏，易家祥，等译. 北京：商务印书馆，1990.

后记

经过近10年来的多次采访、考察取证、整理分析史料，以及近半年来的废寝忘食、挑灯夜战，非虚构作品《八卦岭：追梦驿站》终于到了写后记的时候了。

关于八卦岭选题，我的初衷是在庆祝深圳经济特区成立40周年之际，创作一篇反映20世纪80年代初期八卦岭工业区开发建设的中篇报告文学，旨在倡导“记录历史、感恩思源、传承精神、再创示范”的新特区之风。2019年，报告文学《八卦岭之春》在《深圳商报》发表后，我陆续收到了深圳市委、市政府及其有关部门的一些老领导、老同事，文学界一些同道，以及社会各界关心八卦岭工业区的朋友来电来信，尤其是早期参与八卦岭工业区开发的“拓荒牛”们给我的勉励和支持，让我深受鼓舞。于是，我于2020年12月又举办了“八卦岭之春——深圳大型工业区开发历史纪实摄影展”。2018年8月，我选择的“重大题材创作选题”《八卦岭》，得到了深圳报业集团出版社领导的垂爱，开始创作非虚构作品《八卦岭：追梦驿站》。

本书以20世纪80年代至90年代上半叶深圳经济特区改革开放历史为背景，以尚志安为代表的一批投身深圳经济特区工业区开发、促进招商引资的“拓荒牛”为主线，通过对深圳市政府最早期全资开发的最大型、也是最具典型意义的工业区——八卦岭工业区历史的追忆和记录，讲述二十世纪八九十年代发生在这片热土上的“中国故事”。笔者站在中国社会转型期的历史角度，关照社会转型过程中梦想与现实多侧面碰撞与交融、痛苦与快乐等人文生态，以真诚、激情、悲悯等文化情怀和文学笔触，采取多视角、多层面的非虚构叙事方式，给读者展现一个大时代与小社会、大情怀与小人物等人文百态及社会变迁史。

非虚构作品《八卦岭：追梦驿站》，在史料遴选上，重视翔实与丰富的第一手史料，全书具有较强的历史感和时代感。全书配有近百幅历史图片，其浓郁的时代气氛、生动的现场画面以及珍贵的历史信息，与全书历史人物与事件的本真叙述相互烘托、相得益彰，具有很强的文学张力和艺术魅力。在结构设计上，以二十世纪八九十年代中国社会转型期为时段节点，主要突出两大板块：一是以共产党员尚志安为代表的“拓荒牛”们领导“工发公司”为深圳经济特区开发工业区、艰苦创业、招商引资、发展经济的曲折跌宕的历史过程。二是在深圳经济特区八卦岭工业区出现的8万青工寻梦圆梦、创业生活中所凸显的社会人文情景和人生百态，展现中国社会转型期一幅人文璀璨的“清明上河图”。在叙述特点上，本书坚持以第一人称叙述为主，第三人称复线叙述为辅的文学叙述方式。第一人称的叙述，让作者自己始终身临其境，既保持创作激情，又增强历史素材的真实性和历史事件的现场感。而第三人称的叙述，在场讲述身边的故事，娓娓道来，栩栩如生……

总体来说，全书通过抓住中国社会转型期深圳经济特区改革开放的某段历史过程展开叙述，作为这段历史转型过程的见证者和参与者，本人利用时间与人物、事件纵横交错的组合对比和跨时空关照的魅力，艺术地展现了一个大时代波澜壮阔的历史画卷，生动地再现了20世纪80年代初以来深圳经济特区大规模开发建设工业区的动人场景，褒扬和歌颂了深圳“拓荒牛”们敢闯敢试、敢为人先、埋头苦干的特区精神。因此，我希望通过对主题人物和历史事件的客观把握，借助审视历史的社会视角与回忆重构的文学立场，从而能够赋予本书某些历史情怀、文学隐喻和发展社会学的社会意义。

在近10年来实地访问、考证和收集整理史料的艰苦过程中，我采访了近60位熟识的和陌生的“知情者”，他们给予了我很多意料不到的支持和帮助。在这里，我衷心感谢原深圳市工业发展服务公司和深圳市鹏基总公司的“拓荒牛”们和老前辈们；特别感谢老领导、忘年交尚志安、郑林书先生生前对我的支持、教导和关怀。特别感谢张明基、卢健民、孙雄、李祥彪、余旭升、陈拱伟、吴宇、张声荣、张美琴、邱毓芳、戴礼刚、陈少兰、陈海波、严素文、冯惠芬、方容、余翠英、李秋光、龙雄、尚敏智等所有为我采访、考证和搜集史料提供帮助和支持的领导和同事；特别感谢原深圳市史志办二级巡视员黄玲女士多年来对我工作和文学创作的帮助、鼓励和支持，更感谢她在百忙之中欣然为本书挥笔作序；还要特别感谢深业鹏基南方集团党委书记、董事长王明峰，党委副书记、总经理赵忠等领导在我采访、创作和书稿审定过程中给予的诸多方便、帮助、鼓励和支持。

《八卦岭：追梦驿站》作为历史题材非虚构作品，由于历史存档资料不多，加上时跨40年，即便旁征博引，亦难免挂一漏万，故书中所述有关历史事件与人物，若有未详尽或错漏之处，敬请体谅。

今天，在本书即将付梓之时，我很为自己在短短半年内的废寝忘食和不懈努力而感动。从《八卦岭之春》到《八卦岭：追梦驿站》的创作过程，实际上无异于抢救“非遗”“活口”，其曲折而艰辛的过程，于我而言，可谓殚精竭虑、呕心沥血……

我历来以为，史记情怀与史记精神，比史记成果更重要、更值得珍惜与弘扬！

我相信，非虚构作品《八卦岭：追梦驿站》，能够唤起很多人当年跋山涉水、日夜兼程，前来抚摸深圳经济特区的那股激情、那种记忆和那份初心……

何良

2022年12月21日

丘野坟。不过，确实有人证实，在开发前的八卦岭，某些小山头曾经安放有一些客家先人的“坛子”（俗称“金罐”。客家族群中有一种风俗，即“捡骨”二次安葬。客家亲人死后先是棺木葬入土中，等三五年

。有些山岭坡地，即使千百万年也只能是一种默默无闻的存在，它没有一个美丽动听的名字，那不是它的错。它没能成为名山名地，那是因为李白、苏东坡、徐霞客等文人骚客没有经过那里，于是它没有机会

在人类社会超稳定发展的历史长河中，更不可能有人会顾及这片小山丘的存在！这虽说是再平常不过的事，但当在采访中听到很多泥岗老人都记不住八卦岭40年前的模样时，我还是感到一种莫名的悲凉。其实

的奇葩名字呢，不是吗?！为了探秘八卦岭前世，几个月来，我走访了园岭、泥岗的老人和早期开发八卦岭的不少拓荒牛、工程兵们。据泥岗村一位不愿意透露姓名的老伯回忆，他印

草塘和一条好像永远都在流淌的小水沟，也不知道沟里的污水是从哪里来的。也有些人还是从八卦岭的地形的角度来说八卦岭的八卦方位问题，这种说法似有一些道

方向找吃的，结果，两个人沿着八卦岭外围街道边走边聊天，最后居然不知不觉地走回到了他们公司楼下，他当时很惊讶很纳闷，没找到吃的，怎

定发展的历史长河中，更不可能有人会顾及这片小山丘的存在！这虽说是再平常不过的事，但当在采访中听到很多泥

葩名字呢，不是吗?！为了探秘八卦岭前世，几个月来，我走访了园岭、泥岗的老人和早期开发八卦岭

东面有一个天然小草塘和一条好像永远都在流淌的小水沟，也不知道沟里的污水是从哪里来的。也有些人还

他与一位同事去八卦一路方向找吃的，结果，两个人沿着八卦岭外围街道边走边聊天，最后居然

的八卦岭，大自然没有赐予它雄健的身躯，而在人类社会超稳定发展的历史长河中，更不可能有人会顾

它起了这么个让人联想到中国道教文化的奇葩名字呢，不是吗?！为了

山包丘陵，坑坑洼洼，人迹少见。印象中东面有一个天然小草塘和一条好

全不熟悉，有一天晚上加班后他与一位同事去八

上也有点滴记载。而作为荒山野丘的八卦岭，大自然没有赐予

了一个与文化有点沾边的名字吗！我们应该感谢哪位先

荒坡野岭，野乔木也寥寥无几。有几处草塘沟壑

事。那是在16年前，他刚到八卦岭一家文化公司上班，

地傲视着八卦岭乃至深圳湾的近山远水，号称深圳

多少有点知足。八卦岭虽说山头无名，树木无

水宝地。老人说，二十世纪五六十年代的八卦

）有限公司的经理史光耀先生与我说了一个他在

于它机会。相对八卦岭西北面雄伟挺拔的

！想到这里，我突然觉得八卦岭还

逢年过节拜祭先人也不多见”，他的意思是即

片来看，八卦岭图像确实有点八卦图的方位模型

？他想着，这不与地球与航海一样道理吗？难

岭40年前的模样时，我还是感到一种莫名的悲凉。

岗村一位不愿意透露姓名的老伯回忆，

度来说八卦岭的八卦方位问题，这种说法似有一

，他当时很惊讶很纳闷，没找到吃的

是再平常不过的事，但当在采访中听到很

岭、泥岗的老人和早期开发八

知道沟里的污水是从哪里来的。也有些

两个人沿着八卦岭外围街道边走边聊天，最后

定发展的历史长河中，更不可能有人

到中国道教文化的奇葩名字，不是吗?！

中东面有一个天然小草塘和一

熟悉，有一天晚上加班后他与一位同事去

。而作为荒山野丘的八卦岭，大自然没有

一个与文化有点沾边的名字吗！我们应该感谢

荒坡野岭，野乔木也寥寥无几。有几处草塘

16年前，他刚到八卦岭一家文化公司上

傲视着八卦岭乃至深圳湾的近山远水，号称

该多少有点知足。八卦岭虽说山头无名

不算是风水宝地。老人说，二十世纪五六十年

有限公司的经理史光耀先生与我说了

许你听说过八卦岭甚或还到过八卦岭，也许你

了千百年来超稳定社会结构的变迁与轨

名”。其实，早在20世纪80年代初，八卦岭

标志性的时间节点，就是深圳市委市政府1982年

个叫“牌榜山”的地方而得名；有人说，八卦岭，因其

烂化骨后便开棺捡骨安放在坛子里，而坛子面

会出名，或说大自然或说人类没有恩赐于它机会。相对

一种莫名的悲凉。其实，莫说野岭荒山，人类之命运岂不亦然?！想到这里

回忆，他印象中的前世八卦岭，即使是“逢年过节拜祭先人也

方位问题，这种说法似有一些道理。据八卦岭航拍的照片来看，八卦岭图像确实有

司楼下，他当时很惊讶很纳闷，没找到吃的，怎么绕了一圈回到了原地了？他想着，这不与地球与

人会顾及这片小山丘的存在！这虽说是再平常不过的事，但当在采访中听到很多泥岗老人都记不住八卦岭40年前的模样时，我还是感

八卦岭前世，几个月来，我走访了园岭、泥岗的老人和早期开发八卦岭的不少拓荒牛、工程兵们。据泥岗村一位不愿意透

小草塘和一条好像永远都在流淌的小水沟，也不知道沟里的污水是从哪里来的。也有些人还是从八卦岭的地形的角度来说八卦岭的八卦方位问

一天晚上加班后他与一位同事去八卦一路方向找吃的，结果，两个人沿着八卦岭外围街道边走边聊天，最后居然不知不觉地走回到了他们公司楼下，他当时很惊

“名山”，史志上也有点滴记载。而作为荒山野丘的八卦岭，大自然没有赐予它雄健的身躯，而在人类社会超稳定发展的历史长河中，更不可能有人会顾及这片小山丘的存在！这虽说是再平常不过的事，

，树木无春，但它不是还拥有了一个与文化有点沾边的名字吗！我们应该感谢哪位先人给它起了这么个让人联想到中国道教文化的奇葩名字呢，不是吗?！为了探秘八卦岭前世，几个月来，我走访了园岭、泥

代的八卦岭，其实是一个灌木丛生的荒坡野岭，野乔木也寥寥无几。有几处草塘沟壑，山包丘陵，坑坑洼洼，人迹少见。印象中东面有一个天然小草塘和一条好像永远都在流淌的小水沟，也不知道沟里的污水

个他在八卦岭亲身经历的故事。那是在16年前，他刚到八卦岭一家文化公司上班，对八卦岭的地形和街道完全不熟悉，有一天晚上加班后他与一位同事去八卦一路方向找吃的，结果，两个人沿着八卦岭外围

挺拔的笔架山来说，它不可一世地傲视着八卦岭乃至深圳湾的近山远水，号称深圳“名山”，史志上也有点滴记载。而作为荒山野丘的八卦岭，大自然没有赐予它雄健的身躯，而在人类社会超稳定发展的历史

岭还是幸运的，我觉得八卦岭前世应该多少有点知足。八卦岭虽说山头无名，树木无春，但它不是还拥有了一个与文化有点沾边的名字吗！我们应该感谢哪位先人给它起了这么个让人联想到中国道教文化的奇

总策划/出版人：
胡洪侠
策划编辑：
郭洪义
责任编辑：
林洁楠
技术编辑：
杨杰　杨铖彦
装帧设计：
李斌

图书在版编目（CIP）数据

八卦岭：追梦驿站 / 何良著. —— 深圳：深圳报业集团出版社，2023.4
（我们深圳）
ISBN 978-7-80774-050-6

Ⅰ. ①八… Ⅱ. ①何… Ⅲ. ①纪实文学－中国－当代 Ⅳ. ①I25

中国国家版本馆CIP数据核字(2023)第051441号

《我们深圳》文丛

八卦岭：追梦驿站
Bagualing Zhuimeng Yizhan
何良/著

深圳报业集团出版社出版发行
（深圳市福田区商报路2号 518034）
中华商务联合印刷（广东）有限公司印制
新华书店经销

开本：889mm×1230mm 1/32
字数：240千字
版次：2023年4月第1版　2023年4月第1次印刷
印张：9
ISBN 978-7-80774-050-6
定价：68.00元